Hanns-Eckard Sternberg
Anschäten, Engel!
Wat taun Smüüstern un lütt bäten wat taun Hœgen

Hanns-Eckard Sternberg

Anschäten, Engel!

Wat taun Smüüstern un lütt bäten wat taun Hœgen

Bibliografische Information:
Die Deutsche Bibliothek verzeichnet diese Publikation in der
Deutschen Nationalbibliografie; detaillierte bibliografische Daten
sind im Internet über < http://dnb.ddb.de > abrufbar.

Coverzeichnung: Uwe Gloede
Herstellung und Verlag: BoD- Books on Demand, Norderstedt
Layout: Falk Viktor Deiß, www.deissdesign.de

ISBN: 9783751931465

Inhalt

Kiek eis in dat Käuhlschapp …

Secht doch eines Dachs Hein Prief tau Müter Grabow: „Sech, wi is dat mit din Waschmaschin. Kladdert de up de Tempratur, de in dat Bedeinungspopier binnen ståhn deit, de von de Bugers angäben worden is? Hest dat all eis œwerpräuwt?" – „Du, dormit war'k min Brägen doch nich tau Last fallen, ik heff anner Sorgen un Nöte. Dat ward schon henhaugen, wat dor steiht!" – „Ha, hest di dacht! Von wägen? Dat stimmt ganz un gor nich. Ik heff dat nåmäten. Dat passt üm sech un schriefe 1,5° C nich. Stell' di dat vör. Ståts de angäben 95° C kricht min Maschin man blot 93,50° C tau fåten. Du, dat reklamier ik, dat seggt'k di. So kœnen mi de Herrings, de von dat Wark, nich kåmen. Wenn dor 95° C steiht, möten dat ok 95° C sin!"

Hein wier dörpbekannt as ein, de allens, œwer ok allens, wat he köfft orrer wur he sik ein Deinst nähmen deit, ierst mål antwiefeln deit, dat dat dor allens mit rechten Dingen aflopen künn. Dorœwer let he nich mit sik verhanneln. Un wenn em einer secht: „Hein, nimm dat Läben doch nich so pinnenschietrig akråt. Wenn de Sarg, in den'n du eis möst, twei Zentimeter lütter is, als verklort un gor betåhlt, wecker helpt di dann? Kannst dor wat dran ännern? Dor warn se di liekers rinner kriegen!" – „Dor is jå noch min Fru, de ward dat den'n för mi œwernähmen. Dat's se mi schüllig."

Dat hett Müter üm de Mentalität von Hein wüsst un wo dat langführt. He har dat sülfst biläbt, wat Hein allens so dörch den Kopp geistern deit. Taun Bispill, de narsche Kierl hett doch mit allen Iernst secht, as he endlich sin Festnetzanschluss bekåmen hett: „Du, Müter, wecker secht mi, dat dat ok bi di lüd, wenn'k di anrop?" – „Denn wür'k jå woll nich rangåhn, du oll Döskopp du, orrer?" – „Jå, wenn du tauhus büst, dann ward dat woll so sin, œwer wenn du nich dor bist, bimmelt dat denn ok?" – „Hein, wurüm woll nich?" Œwer an Heins Gesichtsutdruck künn Müter seihn, dat de allens anner as œwertüücht wier. Dor keem em 'n Infall. „Bimmel mi doch eis an. Un denn kåm fuurtsten tau uns rümmer lopen. Œwer lech den'n Hürer nich up! Hest dat verståhn? Ik låt de Dör up un gåh in'n Stall, bün also nich dor. Dann kannst di œwertüügen. Œwer sech mi denn nich, ik müsst ganz ut dat Hus gåhn un afsluten! Denn riet ik di den'n Kopp af, dat secht'k di!" Dat hett hulpen. Œwer ob Hein ok œwertüücht un dor nich doch noch son Stück Twiefel in em drin wier, dat wier ümmerhen mœglich. Dorüm wull he sik dit mål nich up ein Diskuschon einlaten. „Heuchelst Intress", dacht he bi sik.

„Wi hest' dat denn ruter krägen? Wenn de Maschin arbeiden deit, kümmst doch an nix nich ranner." – „Meinst du? Wenn de Trummel so akråt kort för de Hööcht von dat Waschen is, dunn möst du se för'n Momang anhollen un an ein Snur dat lütt Ruhr taun Mäten von de Tempratur rœwerhollen, also direktemang in den'n heiten Damp rin. Un denn hest' dat ruter! Weits, ik heff ne Maschin, dat sall nu sogar ein Sülfstmarker sin. Von wägen, dat is ein schön Sülfstmarker. De möt dat doch sülfst marken, wenn de Tempratur tau deip is, orrer wat meinst du? Du, dat let mi kein Rauh nich, darœwer möt ik Dach un Nacht nådenken. Dat låt ik nich up mi sitten. Notfalls gåh'k tau Gericht."

Por Wochen treckten int Land. Dunn dråpen sik de beiden wedder. „Un, wat is nu? Wierst' bin Richter?" Lütt bäten bedrippst antert Hein: „Wier'k." – „Un? Lat die doch nicht jedein Wurm eenzelt ut de Näs trecken!" – „Ik heff verluurn." – „Wi keem den dat? Hemm di de Maten von de Justizia nich glöwt?" – „Dat keem ganz anners. Ik süll ehr doch eis min Prometer wiesen, hemm de gägnerischen Rechtsverdreigers von mi verlangt. Un dat heff ik oll Äsel dunn ok dan." – „Woans is dor wat Slichtet bi?" – „Dat heff ik ok dacht. Œwer dunn hemms min Prometer mit den'n hinner den'n Rüggen von de Babensten vun dat Gericht verglieken, un wat sall ik di seggen. Min Tempraturmäter mät dat in den'n Saal twei Grad deiper as de höchstrichterliche Mätmimik. Dor kümmst' nich gägen an. Orrer würst' du allen Iernstes antwiefeln wolln, dat bi de Richters de Mätinstrumente verkihrt gåhn? Wobi, de Uhr œwer dat hohe Gericht, ik weit jå nich, min güng jedenfalls anners …" – „Du warst' dat œwerläben. Hauptsåk is doch, dat du kein Kosten nich dormit hest hat." – „Dat hest' di dacht', up de Kosten von den'n Prinzeß, insluten de von de gägnerischen Avkåten, bün ik sitten bläwen. Œwer de Penunse hol ik mi wedder." – „Wi wist denn dat anstelln?", fröcht em dorup Müter. Hein kräg dat Smüstern un keem ganz dichten an Mütern ranner. Denn flüsterte he em in't Uhr: „Sast sein, nu verklåg ik den'n Prometerbuger. De möt mi mit sin Schietmäter den'n Kråm betohlen. Schließlich hett de dat verkiehrte Dings mit dat falsche Dorstellen von dat Mäten jå in de Welt sett, orrer?"

„Na, wenn dat man gaud geiht", güng dat Müter dörch den'n Brägen, as he aftreckte. Un Hein füng an, ein Schriftstück uptausetten un bi den'n Buger von de Thermometers Schadensersatz wägen den'n åpensichtlichen Fähler gägenœwer dat Dings von Mäter, dat œwer de Hööft von dat Gericht hängen deit, tau föddern. Dat wier jå nu eindüdig. Dat Mätwark, dat œwer dat Gericht sin Daun har, wier schließlich Gesetz. Dor künn em nu nicks mihr passeren. De Striet wier so gaud as all wunnen.

As sik de beid wedderdråpen, fünn Müter Hein ganz bedräuft in'ne Eck sitten.

„Wedder verluurn, Hein?" – „Sowat von Tulleranzbereich, orrer so ähnlich, hemm's mi vertellt un dat dat Thermodingsda œwer de Herrschaften von dat Juztizium kein Eichgerät wier, kein ein, dat man gor as Norm anseihn künn usw. … Un ehren klauken Ratschluss und dat Urdeil kennst du jå. Ik sall dat nich so nipp nähmen, hemm's mi noch mit up den'n Wech gäben, un von Prinzip her har ik jå Recht, man blot, dat möt ein nåwiesen kœnen ud dat künn ik un se all gor nich, nå de Faktenlage." – „Hest' also wedder verlurn? Dat Geld is futsch. Œwer wat sall't. Du büst jå gesund. Wäs froh dorœwer un vergät dat ganze Mallür." Œwer œwertüüch eis ein, de vun dat Œwertüüchsin œwertüücht is, dat se em all blot wat Böses œwerhelpen willn.

Nielich wier Müter eis wedder up'n Sprung rœwer tau Hein maracht. He bimmelte. De lütt Diern måkt em up kiekt un röpt: „Vating, hier is uns Nahwer Grabow. De will woll wat von di." Hein is nich tau seihn. Dat Mäken lut: „Du, Mudding, wur is uns Vadder?" De antert: „Kiek eis in uns nieget, grotet Käuhlschapp. Dor is hei rinnerkrupen. He wull sik œwertüügen, dat dat Licht ok utgeiht, wenn ein de Dör von buten taumåkt. Ik weit gor nich, wo he bliwt? He ward sik doch nich verkäuhlt orrer gor inklemmt hemm …?"

As ik taun Schlipsbinner mutierte

Dat wier so üm de Tiet nå de Wenn'. Ik wier düchtig tau Gang, üm mi œwer Wåter tau hollen, heff dit un dat versöcht, hett allens nich so recht funktioniert. As utgebildet Dipl.-Ing., so üm de föftig, wier dat mit eis mit de Arbeid vörbi. Dor tau keem, dat ik noch tauletzt up een Schän tau Gang, in dat Konsumgüterbugen, de gägenœwer de ollbundesdüütschen Mitstrieder keen-een Chance harr. Nich een wull de Dinger hemm, nich de Spur von een Intress weckten se. Wecker wull sik schon dat eegen Tüchs tauleggen, dat dat in de DDR tau köpen geef. Hand up't Hart, wecker?

Wi wåhnten anno dunnemåls in Berlin in een grot Miethus, nich wiet af von de Muer. Dor bün'k tau'n Schlipsbinner mutiert. Un dat keem so:

Dat Ingenieurpersonal in de Entwicklungsabteilungen in uns ünnergåhn Firma harr sik anwennt, tau de Arbeid dachdäglich mit een fin Twiern orrer mit Jack, œwer ümmer mit'n Binner tau gåhn. Up de een Siet wür dat von de Chargen dor boben so wünscht, up de anner Siet wier dat ok son'n Stück Afhäbens, denn gägen dat „Prä" von'ne Arbeiterklass künn jå ok de klaukst Perfesser nich an. Süss güll de Binner as œwerhålt un dekadent. Un nåh de Wenn'? Dor wier dat mit eis anners.

Tauierst keem de lütt Kess ut de ünnere Etage bi mi an. Se künn sik all vörher vör Hœg nich hollen, måkte sik binåh in de Büxen. „Min Mudder hett secht, du würst jå ümmer mit een Schlips rümmerlopen, un uns Vadder möt dat jå nun ok, wiel he een Beråder för Stüern warden will, un da sall ik frågen, ob du em nich een Schlips binnen kannst. Wi Mäken kœn' dat jå nich. Wi hemm'schon all'ns versöcht, blot bi all dat, wat uns mœglich wier, wat wie em anbeid hemm, hett he secht, dat dat so bi sin Westkollegen, also Teammitgliedern, nich utsüht. De Slips sünd vör luter Lachen bi min Mudder woll'n bäten natt worden." Un dorbi lepen ehr Trånen œwer ehr nüdlich Gesicht mit ehr twei krüzfidel Ogen.

Nu gaud, dormit wier'k farig. Duert nich lang, kümmt min Nawersch: „Du, dat is mi een Bauk mit sœben Siegeln, ik mein dat Schlipsbinnen. Dat sall son'n Duweltknoten sin, secht min Knut. Du, min Mann möt jetzt ok … He is von een Bank œwernåhmen worden. Dor möt dat woll sin. Kannst' mi nich helpen?"

Willi keem sülfts. Dat lött he sik nich nähmen. So wier he ümmer. Wenn he nie nich wieder wüsst, keem he sülben. „Du, Hans, ik war nu in dat Versicherungswesen bi min Fru instiegen. Dor geiht dat nich mihr åhn Binner. Ik bring dat nich farig, un min Wiefsvolk, Fru un drei Mäken hoch, ok nich. Wi hemm schon allens versöcht. Du kennst jå Rosi un ehr'n Iewer. Œwer hett allens nicks nütz. Du dröchst doch schon all Johr son'n Binner. Kannst du mi helpen?"

Denn keem de Krup von unnen wedder. Giern keem se nich, hett's secht. Ehr Öllern hemm meint: „Stiegst' noch eis nå baben un bringst' em ok de annern fief Binner, ob he de nich ok …?" Un dorbi schmüüsterte se mi mit ehr groten blaagen Ogen an. Dorbi harr'k dat Mäken dat wiest, œwer so wier dat jå väl eenfacher un'd Taudrugen tau de nie erliernte Binnerbinnekunst von ehr Döchting fåhlte de Öller woll.

Ok de iergistrig Genosse Korl von'n iersten Sietflœgel keem. De wier tau DDR-Tieden ümmer wat Besünneres, glöfte he. Fohrer bim Magistrat naamst he sik. Fohrer wier he nu wedder, blot bi een von de niegen Chefs. „Wi möten allens niech liern, de hogen Frün' ut den'n Westen eegentlich nicks. Stimmt so nich ganz, wat ik äben secht heff. Dor is blot een Såk, den'n gräunen Pfeil, den'n kennen's nich. Un heest du di mål eis ankäken, woans se dat mit den'n Pfeil tauwechkriegen? Lach'st di dot. Ik weit, von wat ik räd. Ik erläw dat dachdäglich. Œwer nu möt ik mit'n Schlips. Heff'k min Läwdach nich drågen.

Kannst du mi bi den'n Knoten biståhn?"

De beid Enn' hingen em œwer de Schullern un dat Dings ded utseihn, as harr he dat wrungen un dörch't Water treckt.

Ball keemen ümmer mihr. Betåhlt hemm's mi all nich un ik har ok nicks nåhmen. Ik wier nämlich in Oosten sozialisiert worden un dor wier diss Oort von Nåwerschaftshülp sülftsverständlich. So heff ik Lüd kennenliert, ut de wiederen Nahwerschaft, de ik bet dorhen noch gor nich kannt heff.

So wiet wier'k noch nich in de Marktwirtschaft ankåmen, as dat ik de niege, bannig grote Marklück erkannt har. De Mark schreech nå Schlipsbinnern. Blot ik heff dat nich mitkrägen.

De œwervull Dackrönn

Fidel güng't tau an dissen düstern Dach
In Kräuger Warneckes rökerig Krauch.
Dat süffig Bier, dat löpt, as gäw't nich nauch,
An'n Stammdisch güng't tau as in Dubenslach.
Dor seeten Korl Engel, Apteiker Swenn,
Oll Schauster Grothjohann un, hest nich seihn,
Von'n Honoratschoren, noch mannig ein,
Un rokten un drœnten so vör sik hen.

Man räd, wat man so räd, von dit un dat.
Wie'd Aust ward un wat kost' de Buddel Wien.
Wen heit dat söt Fiek'n gråd hüt wedder sin?
Un allens in ehr Mäkelbörger Platt.

Œwer wie dull pladdert' buten von't Dack,
As ob de Herrgott hüt sin Waschdach hett,
Orrer sin Engels pinkeln üm de Wedd
In't Höllfüer. Dat prasselt as 'n Hågelslach.
 Den'n ganzen lang' Dach wür'd schon wat gäben.

11

Dat hürt nich up, de Stråt wier düchtig gladd.
Dor helpt keen Schirm, de Twiern wür liekers natt.
Dat wier keen Dribbeln, dat wier'n ståtschen Rägen.
Dat Bier dat löpt, dorbi vergeiht de Wut,
Mit'n por Koems strömt alls de döstig Kähl runner,
Doch bäten låter, dat's nu keen Wunner,
Möt de Mengelage ok wedder rut.

Korl wier de ierst, de künn nich mihr sitten.
Dat väle Bier dat drückt, de Saft de drängt,
Em is, als wenn dor wat sin Bierbuk sprengt,
Blot rut, dor helpt keen Kniepen noch Bidden.
He steiht up, de Schauster grient schådenfroh,
Korl ward so figilånt, de Koem wier gaut,
He schrammt den Disch, nu nimmt he all sin Maut
Un sitt up de Lang Ståt von Hagenow.

De bannig Drang, de Näwel wiekt kein Toll,
Dat väle Natt, wie nie in dissem Johr.
He kricht' Schaukeln, söcht 'n Holt, mit natten Hor,
So steiht he, as ein, de meint, sühst mi woll.
He knöpt nu, dat wier swor, de Knöp wiern gladd,
An' sin Büx rüm, trippelt, weil't nich fix güng,
He kniept, dat fåhlt em noch, dat wier son' Ding,
Rut möt he – de lütt' Kierl ward letzt Enn natt.

Dat Bier dat strömt, uns Korl wier ornlich vull.
He höllt sik an de Rönn un dröppt sin Faut.
Dat's ne Wolldåt, nu hett he wedder Maut.
De Rönn kann't Wåder kum fåten, as se sull.
In' Krauch güng't wieldes kandidel wieder.
Mannigein Kœm lött hüt uns Frünn' läben.

Hoch dat Bier, måk't ok geiten ut'n Häwen.
As de Kräuger markt, dor fählt de Snieder.
„Jå“, secht de Kellner, „dat dun Engelchen,
Ik mein, ne bannig Wiel is dat woll her,
He wankt un stött sik mächtig an de Dör,
Korl wiewaakte mit Hallo nå buten hen.

In'n Wech stünnen em dorbi Stauhl un Disch,
Dat wier'n krüzfidel Mallür. Wat hemm' wi lacht.“
„Dor kiek' nå“, meint de Kräuger, „bi diss Nacht
Un denn Kœm un Bier, dat's 'n tücksch Gemisch.“

He kiekt nu ut de Dör un up de Ståt,
In' Stickendüstern wier rein nix tau seihn.
Doch denn: „Süh, dor steiht doch ein mit Dackelbein?
Dor bi de Rönn. Wat is de Nacht blot swart.

Dat möt he sin! De is jå klœternatt.
Wat måkt he blot in Düstern dor so lang?
Hålt sik den'n Dod.“ Den'n Kräuger ward so bang,
He röppt: „ Korl, Minschenskind, wie geiht di dat?“

De Rägen in de Rönn löpt un kladdert.
De Snieder markt dat nich in sinen Schumm.
He kiekt so runner up sin Gaudium,
Denkt: „Dat bün jå ik, de hier so pladdert.“

Korl, de kriegt dat Grugen, sin Bang wier grot,
He röppt taun Wirt hen: „Minsch kåm, ståh mi bi,
Mi is bang, dat löpt un löpt, geiht nich vörbi,
Bi Gott, ik glöf, ik pinkel mi noch dod.“

13

Dat Linksdrägen

„Und nun zum heilgen Abendmahl",
Secht Probst Reuter tau de grot Zåhl
Von Konfirmanden, de dor sitt,
„Macht euch nur kein Spijök damit,
Von wegen Fressen des Herrn Leib,
Da gibt's kein Drängeln und kein Neid,
Und saufen aus dem hehren Krug,
Von das kriegt ihr noch früh genug.
Legt eure Hände auf die Knie
Oder besser noch, faltet sie.
Und wehe, ich erwische wen,
Und ich werd das ganz gewisslich sehn,
Der mit beiden Händ'n greift zum Kelch,
Wenn er den Schluck des Herrn erhält.
Und tretet ihr vor Gotts Altar,
Das ist wohl jedem von euch klar,
Ok Hein Prief und ok Korl Klicksen,
Kommt mir nicht mit korten Büxen.
Ein fescher Anzug, schwarz und fein,
Mit Schlips und Kragen sollt es sein.
Wobei man sich mal waschen tut.
Ganz chic wär's mit nem schwarzen Hut.

Und die jungen, hübschen Damen
Bleiben bitteschön im Rahmen,
Lassen im Schrank den Minirock,
Sonst tät womöglich einen Schock
Krieg'n uns' Herr und muss nicht plinsen
Ganz schamig aus seinen Linsen.
So und nicht anders, das ist Soll!
Nie ist die Kirche sonst so voll."

So rädt de Probst un kiekt heil froh
Up de Dierns un Jungs von Hagenow.

Hein Prief, dat wier 'n Bohnenstang,
De harr nich vor väl Dingens Bang,
Kem nah Hus un mult vör sik hen:
„Tau de Insägnung, dat's mien Amen,
Gåh'k mit kort Büx un åhn Binner,
Dat's besloten, so gåh'k rinner."
Sien Mudder kiekt so füünsch un grot.
Meint, se hürt slicht, wat meint he blot?
„Woans denn dit, lew Sœhnemann,
Wie keem denn dat, un sech mi, wann?"
„In Smoking will uns hemm de Preister
Un dorbi kriegt he as son Heister.
Mit'n Zilinner sall'n wie kåmen,
Blot dat wier in uns Herrn Råhmen.
De Dierns streng swart un witt wie'n Rind,
Üm ehr Beenings åhn bäten Wind,
Süss ward nåsten Herr Jesus blind.
Dor hœgt sik sülbst 'n lüttes Kind.
Un bei den'n Wien, da säuft man nicht.
Un dat Stück Brot, das frisst man nicht.
Dor gåh'k nich henn, dat is mål klor,
Eher klar'k mi Schauhcrem in dat Hor.
Dat is mi pienlich mit'n swart Twiern,
Dor lacht sik dot uns Nawersch Diern."

„Dschung, bi Gott, versünn'ge di nich,
Kåm wedder up den'n Bodden trüch.
Mit den'n Twiern is nu mal so Bruk,
Dor måkst du utspien Gall un Spuck.
Dat is so siet ewig Tieden,

15

Dat licht nich mihr in'ne Wieden,
Dat is besloten Såk, mien Soehn,
Orrer ik hol runner von Bœn,
Dat Ding, dat wier uns Vadder sin.
Anseihn kannst den'n blot bin Månschien.
Wat sall Fru Karls dortau seggen.
Du warst di kort Büx' antrecken?
Nee, dat mien Sœhn, dat schmink di af,
Taun Snieder, œwer los in'n Draw!
Orrer soll'k etwa mitkåmen?
Nu gåh schon los, in'n Gottsnåmen."

Hein wier nu nich mihr de grot Sir.
Hüt güng em wedder all'ns verquer.
Dat wier ein Dach, dor kann kein för.
Un ruter scheest he ut de Dör.

„Was wünscht der Herr?", secht Snieder Klein.
Dat secht bet hüt tau em noch kein.
„Ik glöw, ik bruk 'n swarten Twiern."
Von näbenan gluckst dor ne Diern.
De Meister nimmt nu ornlich Måt,
Süht in een Bauk, hålt sik dor Rat.
He kiekt so iernst, runzelt de Stiern.
Un näbenan kichert de Diern.
He mett de Läng, he mett den'n Arm,
Hein ward so anners, ward so warm,
Nu mett he, o Gott, noch den'n Schritt.
Hoffentlich kricht dat de Diern nich mit.
De Snieder schüddelt den'n Kopp un denn,
Schuult he nå Heins Männeken hen,
As künn he dor keen Klaug in finnen.
He ward so kieken, ward so sinnen.

16

De Schweit rönnt Hein von sine Stiern.
Un näbenan hœgt sik de Diern.
Klein fröcht em, kümmt'n bäten neger:
„Sind Sie Links- oder Rechtsträger?"
„Jå", secht nu Hein un åtent up,
Un kiekt so nå den'n Snieder rup.
Wat'n Snieder will all's so weiten,
Wenn't süss nix is, dat will'k em heiten.
„Je", secht uns Schlacks und kiekt so stur
As'n Rekrut up'n Posten vör'n Dur:
„Bet kortem hew'k blot links drågen.
Dat ward mien Krüz mächtig plågen.
Ganz scheef bün ik dorbi worden.
Mien Gåhn wier afslut mißråden.
Mien Mutting secht, dat rückt sik trecht,
Taun Utgliek dröchst nu ümmer rechts."

Klein hœgt sik een, dit is nich slicht.
Dorbi vertreckt he kum sin Gesicht.
He griept nu tau mit forscher Hand
In Heins Schritt, dit is allerhand.
Uns Held, den'n ward so blümerant,
He ward witt as son'n Målerwand.
Sin Hart dat kloppt bet in sin Tehn.
Em is, as würd all Stierns he sehn.
De Schweit löpt all in sine Uhren.
Em is, as würd he gråd geburn.
Wieldess ward Klein wieder söken
Un lut in alle Welt spijöken:
„Verehrter Jung, dien lütting Dings,
Dat dröchst du ganz gewisslich links."
Hett dorbi Grienrunzel up sin Stiern
Un näbenan lacht lut de Diern.

17

Passt scho!

Franken is egentlich 'n passig Gägend, wenn dor von de Lüd', de, dat möt man seggen, besünners fründlich dorherkåmen, ein Språk räd wür, de ein Meckelbörger verståhn künn.

Dat Schicksal hett Müter Gajewski einmål nå Bamberg drieben. He wull 'n olle Bekannte ut sin Heimåtdörp eis wedderseihn, de dat nå de Wenn' wägen de Arbeid nå Bayern verslåhn harr. Franken is Bayern un doch egentlich nich. Se möten sik dat so vörstellen wi twischen Lübeck un Hamborg. Dat sünd ok twei ihrbåre olle un dunnemålige Hansestädte, œwer jedein von de Konfliktparteien meint, se wier woll de hanseatischere von beiden. De ein meint, un dor is tauminnest wat taun Rechtgäben dran, ehr Platt wier dat akkerat Urnedderdüütsch, dat siet Hansetieden sin Wech gåhn is, twors œwerall 'n bäten anners schräben wür, œwer doch. De anner måkt de urolle Plattregion wierer westlich ut un glöwt, dat dat Platt, wat ehr dor tau egen worden is, nu dat einzig Wohre tau sin hett. Ümmer dat gliek olle Gedüse, dat uns Minschen un ok den'n Nurddüütschen eigen is. Sülfst Thomas Mann, de Urlübecker un sin „Buddenbrooks" reiken dor nich ut, üm de annern tau œwertügen, se swören up ehrn SASS, de im twintigsten Johrhunnert sik de Mäuh makt hett, 'n einheitliche Schriftspråk tau bugen. Blot, he hett nich alle Plattdüütschen mit in dat Boot un sin Daun mit upnåhmen und dorbi wier dat jå anno dunnemals noch ein Düütschland un dor wier noch nicks von Ost un West orrer gadlich umdreiht de Reigenfolge tau seihn. Œwer dat sall blot ein Marken an Rand west sin.

Wi all secht worden is, Franken is ein egen Lannstrich un nich Bayern, hürt œwer dortau, un wenn dat üm dat Dickschnutige geiht, sünd se näben ehr Frankensin doch ornliche Bayern. Blot seggen darfst dat nich, tauminnest nich 'n Franken gägenœwer. Man denke blot an ehrn niech Lannesvadder, den'n Markus. Dat is ein fränkischer Bayer. Hier is von de Dickschnutigkeit de Räd, wenn Se verståhn, wat min Meinen is.

Müter har sik verführt. Un düster wür dat ok all. Dat heit, he har doran kein Schuld nich. Dat wier Google Map orrer sin Handy, dat eenfach nich Utkunft gäben wull, wur de Fründin in Bamberg tau hus wier. De Strät wier gråd wechrationalisiert worden orrer dat Handy har eenfach kein Lust mihr.

Nu wier gauder Råd düer. Dor meint Madeleine, wat sin Fru wier, führ doch tau de Tankstell dor eis ran, de uns mit ehr Lüchtreklame direktemang antrecken deit. Dat måkt Müter nu ok, führt ranner, geiht in dat Binnelst von dat hellerlicht erlüchtete Hus un fröcht nu nå de Adress von sin Bekanntschaft ut iergistrigen Tieden.

Dat wier nich Hochdüütsch, wat he tau hüren kreech, dat wier nich PISA, wur de Bayern jå bannig gaud in west sin sallen, Bayerisch wier dat ok nich, dat künn Müter jå in Deilen so'n bäten verståhn. Jedenfalls räd de Kierl dor los, sin Mul plappert man blot so för sik hen, un Müter stünn dor, har Mull un Ogen open, versäukte gor nich ierst, dor mittaukåmen, sechte „Danke" un ielte fuurts wedder nå sin Wågen.

„Na, hett he di dat verklort, wurhen wi führn salln?", fröcht em nu sin Fru. „Klor, hett he. Wier sihr fründlich un hett mit Aweck räd. Du, dat möt man seggen. Fründlich sünd de Lüd' hier. Dat wier ein Rädeschwall an Würd', sech ik di. Dortau möst por Uhren mihr hem, üm dor mit tau kåmen." – „Un wi möten wi nu führen? Lat di doch nich jedet Wuurt enzelt ut de Näs trecken!" – „Weit ik nich", secht Müter, „he künn woll kein Düütsch. Ik heff nicks verståhn, reinwech gor nicks."

Madeleine, wat sin Fru wier, kiekte em grot an, schüddelte ehr Locken un sechte denn ok nicks mihr, fummelte blot an ehr Handy rümmer. Dunn schriecht's mit eis up. „Dor, kiek an, nu will dat Biest wedder! Tweihunnert Meter un denn rechts un – denn sech ik di wierer, führ man los!" Se keemen ok akkeråt an.

Den'n neechst Dach sall Müter inköpen in so ein Supermark orrer bi'n Düschkaunter. He künn beid Uurt' von de niemodschen Kophallen eenfach nich uteinanner hollen. Iergistern güng man in den'n Konsum orrer de HO, wie de Handelsorganitschon afkört worden is. Blot, ein Ünnerscheid gef dat twischen beiden nich. Madeleine, sin Fru, hürte nich up tau seggen: „Dat is allens ein Schiet, gäben gifft dat in beiden nicks passiges. Orrer se grifflachte, dat gifft nicks, wat dat tau jichtensein Tiet in beiden Kophallen nich gäben deit."

„Dat is doch ganz eenfach, du Dœsbüdel", plägt Madeleine, wat sin Fru is, ümmer tau seggen, „Bi ein Düschkaunter grawwelst du sülft in Karton orrer Emmer rümmer, möst di duken un manch eis dor ierst för Ordnung sorgen. In Supermarkt hemm se dat för di allens fin utpackt un akkeråt utlecht! Nu mårk di dat œwer ok mål. Büst doch schon ornlich por Johr in uns niemodsche Tied ankåmen. Kophallen gifft dat all lang nich mihr. Kophalle, wie sik dat schon anhüren deit, so jichtens nå Olldach von iergistern. Dat wier dor, wur dat nicks geef un all de Regåle leddig wieren, besünners an Friedach. Hest dat vergäten?" – „Och, min Kümmel heff ick ümmer krägen un 'n söten Schlüpperstürmer ok! Weitst du noch, so'n Balkanfüer, Cotnari orrer Murfatlar ut Rumänien?" Müter griente ehr son'n bäten von de Sied an. „Låt dat! Du alldiewiel mit din Swien-kråms! Oll Farken!" Madeleine, wat, wie schon secht, sin Fru wier, kiekte em bös an. „Hier steiht allens up, wat du hålen sast. Nu måk di up de Puschen, kratz de Kurv! Un spräk ok nich von HO. Denn weiten all gliecks, wur du herkümmst. Un dat möt jå nich sin. Låt dat hier kein-ein hüren, von wägen, ik gåh in de HO. Orrer din Räd: ‚Dat is hier jå wie anno dåtaumål bi de HO'. Denn denken de Franken, dor kümmt Honnecker sülben orrer gor ein von Mielke sin Lüd', hürst, låt dat sin!" Müter griente un schuf af.

Dat duerte so ne bannig lang Tiet, ihrer dat de Oll wedder trööch wier. Madeleine und Müters Bekannte von ihrgistern harn sik all allens vertellt, wat för Frugenslüd so jichtens bedüdent is. Se wiern beid schon so'n bäten hiddelig worden.

„Wur kümmst du denn jetzt her?" Müters Fru, Se weiten, de Madeleine, wier uter sik. „Hest du de Eier sülfst lecht un dat Wittbrot ierst backt?" Ehr Kierl kiekte mihr as bedrippt.

„Du, wäs still, ik heff hüt schon männig wat hinner mi. Din ‚Semf dortau gäben' fählt mi gråd noch in min Sammelsurium von Frulichkeiten. Dat will'k di seggen, mi reikt dat." De oll Kierl möst sik ierst einmål verpuusten, denn füng he an tau vertellen. „Dat wier so, so ein Düschkaunter, dat is hier in Bayern denn de Maless." Müter wier noch vullstännig verdattert. „Ik dacht, ik war mall."

Madeleine, wat sin Fru wier, anterte em: „Woso, Düschkaunter is Düsch-kaunter, ob in Nuurd orrer in Süd. Ob du nu „Aldi"n Pennys nå Lidl bringst orrer dat Netto süsswie betåhlst, dat's all dat sülwige. Bet up'n por heimische Läbensmiddel is dor liekers allens gliek. Un de heff ik di jå nich upschräben, orrer?" – „Dat is wiß un wohr, dat wier ja ok nich dat Mallür, dat nich." – „Un wat wier nu din Maless?" Un Müter: „Morgen fiern de Lüd hier doch jichtens so ein Hilligendach, den'n dat bi uns nich gifft. Dat heff'k nich bedacht un du ierst recht nich. Un dor hemm sik de Frugenslüd' schonst hüt all so'n bäten fierlich antreckt." – „Na un? Un dat is gråd di upfollen. Dat is jå verdüwelt intressant! Du hest doch süss dorför kein Ogen nich, wat ein antreckt hett orrer nich. Wie-rer! Nu måk schon!"

Müter slukte: „Dat's woll wahr. Süss intressiert mi dat nich de Bohn. Œwer hier is dat wat anners. Hest schonst mal wat von de Kleeder in diss Gägend hürt? Hest woll nich? Du, dat will ik di seggen, dor sünd ganz schön gewågte Kreaschonen bi, segg'k di. Ik wüsst gor nich, wur'k min Ogen låten süll. Wat dor de bayrischen Bargen wiest ward, dat is denn doch schonst so unbännig drall un in de Tiet, in de wi läben, woll mihr as tau hinnerfrågen, will'k mal seggen."

Madeleine wüst nich nipping, wat ehrn Kierl fåhlen deit, un kieckte so'n bäten narsch. „Un wat hett dat allens mi din Inkop tau daun un wat mit din tau låt kåmen?" – „Hür tau, gråd as ik mit min Korf farig wier un an de Kass gåhn wull – dor sett bet dorhen 'n öllere, sihr dünnig Verköperin mit ein normål Kleed – keem dor so ein junget Ding von Måken antaustiegen mit 'n Bost, secht'k di, ho, ho, sech'k di – sülfst bi mi as ollen Kierl füngen dor all Klocken an tau lüden –, de har tau daun, dat se ehrn bayrischen Formenriektum man gråd so tausåmentauhollen kreech, un löste de öllere af. Wat nu daun? Wägen de dertiedig MeToo-Bewägung, von de jå in all de Medien hüt de Räd is, heff ik mi nich an de Kass wågt. Denn davör, dat ik bit' Betåhlen kein Oog nich up dat wogende Fleesch dor schmieten wür, dorvör künn'k nich gråd ståhn. Un ik heff läst, dat blot so ein Blick di in bannig grote Schwulitäten bringen kann, von wägen Me-Too un so. Mi is dat unbegrieplich, wur de bayrischen Kierls ehr Ogen hendaun, villicht schielogen de jå all 'n bäten, œwer ik? Un nülich – stünn in uns Tiedung – hett ein Mannsbild düchtigen Brass mit sin Bås krägen, wiel dat he ein Kollegin, de ein Rock antreckt har, de so kort wier, dat se blot noch ut Beenen tau beståhn schien un mit ehr schmucken langen Potzlåndinger œwerall un allgägenwärdig in dat Büro rümmer stüerte, bäten tau lang un woll ok 'n bäten tau scharp ankäken harr. Dat wür gor nich angåhn, is em de Bås in de Parad führt, un wenn dat wedder eis vörkåmen deit, müst he mit'n höllsch Arger räken. Un nu mi dat dor an de Kass! Nee, dor bün'k dunn afdreicht un noch son'n bäten dörch de Regale lopen. Un dat ümmer mit son' scheef Kieken nåh de Betåhlstell hen."

Madeleine un de Bekannte krägen dat Hœgen.

„Nu ward de Verteller intressant. Un woans büst du denn nu ut den'n Düschkaunter wedder ruter kåmen?" – „Bi mi as ollen Mann geiht dat jå villicht noch, œwer såker kannst' di nich fäuhlen. Ik bün dunn, wie schon secht, noch son'n bäten dörch de Reigen schlennert, heff hier wat nå båben bört, dor wat ruter nåhmen un wedder rin packt. Dorbi müßt ik uppassen, dat ik nich mit ein sik bückende Fru in de äben verklorten Uurt tausamenstöt bün, de sik ok gråd wat grawweln wür un dorbi sünd ehr jüst so de Kullern binåh ut ehr Kleed follen. Ik heff mi ornlich verfiert. ‚Villicht warst hier noch fasthollen von so'n Polizeiminsch', heff'k bi mi dacht."

Müter wier noch bäten blass üm de Näs, taumal he doran trüüch dachte.

„Och, du Ärmster, un dor hest nich wüst, wur du henkieken sast?" – „Du sechst dat. Dat güng solang, bet någråd 'n anner Kass mit upmåkt ward, un dor sett sik ein jungen männlichen Minsch hen. Ik heff ornlich upåtent. Dat kann'k di seggen. Mi wür ornlich licht um dat Hart. Man blot, dor heff'k noch nicht wüst, wat mi noch bevörstünn." – „Ach, de hett woll kort Ledderbüxen anhat?", mengelierte sik kichernd de Bekannte in. „Du, dat möst du weiten, bi ehr is dat bayerisches Bruktum un wenn du kiekst, is dat MeToo. So heit dat hier. De Dirndls sin blot för den'n dacht, de Ledderbüxen dröcht, för di as Preußen nich." – „Woso Preuße, ik bün kein Preuße nich!" – „Allens, wat ut den'n Nuurden kümmt, sünd Preußen. De Nuurdlichter uteinanner tau hollen, hemm de Bayern bet hüt nich liernd!"

Müter sinnierte so vör sik hen. Denn säd he:
„Och, de Ledderbüxen harr'k uthollen, ik ståh nich up Kierls. Nee, dat wier dat nich. Œwer jetzt kümmt'. De Kierl geef nu de enzelten Positionen in de Kass in un brummelt wat von ,fiefuntwintig Euro un por Cent'. Ik hål min Geldbüdel ruter un langte em dörtig Euro hen. Secht de dunn tau mi: ,Passt schon!' Ik heff villicht wat von dœmlich käken. Dat wier mi denn œwer 'n bäten happig väl Drinkgeld. Dunn hef ik vörsichtig nafråcht: ,Ik heff dat doch richtig hürt, Se säden fiefuntwintig?' –,Dats korrekt. Passt scho.' Dor heff ik denn upmuckt un secht: ,Dat passt ganz un gor nich. Dor krich ik noch wat ruter.' He hett mi 'n bäten figilånt ankäken un hett mi denn up Heller un Pennig, ik mein sülfstverständlich Euro un Cent, rutergäben. Un ik bün, stolt up min Maud, ut den'n Düschkaunter ruterscheest. Doch mi schien dat, as würn de annern Kunnen sik son'n bäten hœgen. Doch dat wier mi egål. Ik heff mit dörchsett un nu fråch ik mi, wat woll gescheihn wier, har'k mi dorœwer nich uprägt? Œwer nu bruk ik 'n Kœm!"

Madeleine, Se weiten, wat Müter sin Fru is, schmüüsterte un sechte: „Soväl Uprägung un dat allens an tiedigen Morgen. Den'n Lütten sast hemm! Den'n hest di verdeint!" Un de Bekannte geef as Semp noch dortau: „Bäten dwass wier dat twors, œwer ,pascht scho' wür dat Verköpperschonal hiertaulann' seggen, wenn du ehr din Piseten rœwerreikst. Egål, op dat passt orrer nich. Nu fråch mi œwer nich, worüm dat so is? Dat is äben so!"

Anschäten, Engel!

Oll Snieder Engel wier ein gor gnatzig Griesen.
Den'n würn de Klützer giern ut ehr Muern wiesen.
Seet to meist in sin åpen Luk in Snidersitz.
Speckig dat dünning Hor, gråd so as de oll Mütz.
Vor em taun Flicken 'n bannig schmuddelig Büx.
Dat wier sin Upgåf, de müst he utbädern fix.

He har as Giezkrågen sin Raup in Stadt un Land.
As Knickstäwel un Knauser wier he dörpbekannt.
Ihr he wat slicht warn let, let räden he de Lüd.
De säden: De Giezhals frät eis sin egen Schiet.
Hinner em up den Disch sin oll Zägenbuk stünn.
Dat rückt achternå, de keem nich eis an de Sünn.

Einmål ward uns Engel sik dick Arften kåken.
För miehrere Dåch ward he se sik trechtmåken.
Am iersten Dach warn de em so recht lickmünnen,
Am tweiten rückt dat schon im Pott von binnen,
Am Drütten müst he sik all sin Näs tau hollen.
Dat Äten kricht he blot rin mit bannig Wollen.

Am vierten Dach nähm Rietut de oll Zägenbuk.
Engel slött de Ogen, gifft sik 'n düchtig Ruck.
He slingt mit spitz Tähns dat Tüüchs rinner, kiekt verdull,
Hechelt, sin Ogen stierten, wier afslut von'e Rull.
Un denkt vull Grugen, sik schüddelnd, an den'n neechst Dach,
Wie he dat Äten dunn woll runnerkriegen måk.

Am föften, denkt he, möst woll dien Maud belohnen.
Nu warst' dien Pottjuchhee nu gor nich mihr schonen.
He hålt sik ne Buddel Kümmel ut dat Regal.

23

Stellt de näben den Pott mit dat Stinkende dål.
Höllt ein Glas, ward ein Dreiduwwelten afmäten.
Den'n rin un de let mi den'n slimm Schmack vergäten.

Den'n Kœm kiekt he ganz vertöwert un verleeft an.
De plinkert wohrhaftig trööch: Na, nu gåh schon ran.
Näs un Klüsen tau, he ward dat Tüüchs nu fräten.
Dor wier de oll Zägenbuk all längs uträten.
De Oll ringt na Luft: Büst schon ´n ornlich kråsch Bengel.
Nich ganz ümsüss röpt man di woll den'n dull Engel.

Denn œwerkümmt em so ein figelinsch Schmüüstern.
Ward babentau lies dörch sin Lippen noch püüstern.
He nimmt den'n Dreiduwwelten, höllt den'n in de Hööcht.
Dat süht so ut, as höllt em nu gor nicks mihr trööch.
Doch denn …
Kippt he em wedder in de Flasch, åhn Gequengel.
Dor kiekst nu, wat? Grient un secht: Anschäten Engel!

Biggi, sech fiefhunnert!

Biggi wier ´n hellsche klauke Diern. Mit ehr sœbenteihn Johr wier's dortau noch gråd wussen, har ehr blonden Hor taun kuråschierten Dutt upstäckt un wier, wenn's denn ehr Schnut hollen deit, dat schönst Mäken von de ganze Schaul, man secht hütigendaachs jå dortau, se künn sik as de ungekrönte Miss von dat Gymnasium fäuhlen. Blot wenn se schnakte, denn wull ehr dat „s" nicht so gråd œwer de Lippen hüppen. Mit een Wuurt: Biggi wür mit de Tung anstöten, lispelte son bäten dull. In Hamborg, wur se tauierst ierdisch Licht tau seihn kreech har, is dat jå nich gor so'n grot Mallür. Œwer hier in Schwerin, wurhen vor Johren ehr Öllern mit dat lütt Mäken hen trekt wiern, dor wier dat 'n Ma-less. Schonst wenn se dat Wuurt Schwerin utspräken süll, keem se orrentlich int Schweiten.

Ehr Düütschlihrerin har sik nu in den'n Kopp sett, ehr dat Lispeln aftaugewennen. Se wull, dat de Diern as de annern Schäuler in ehr Klass akzentfriet

Hochdüütsch schnaken süll. Dorup wier se stolt. Ehr Räd wier: Wenn ji in disse nieg Gesellschaftsordnung Faut fåten willn, denn möt ji een ornlich un akkerates Düütsch spräken un sülfstverständlich ok schriewen kœnen.

Dat künn nu nich angåhn, dat utgerechnet de Biggi, disse plietsche Schäulerin, sik mit ehr Utsprak int Afsiets begäben süll. Dortau wier Madame Luchtenhagen tau sihr 'ne ihrgiezig Lihrerin. Ehr Kinner ut Schwerin sallen ehr Mudderspråk so spräken, wie se eis von de groten Klassiker brukt worden is. Wurbi se sik nich ganz säker wier, dat de Weimarer Goethe un Schiller nich son bäten den'n thüringischen Dialekt snakt un ok son bäten „gegellt" hemm as all ehr Landslüd. Œwer dat wull se, wenn se sik eis tau Rauh setten wür, mål nipp uttüfteln.

Liekers harr se hüt bit' morgendliche Upståhn woll Arger mit ehrn Ollen tau Hus hadd. Orrer se har slicht slåpen orrer drömt. Dorüm kreech se hüt Biggi ganz besünners inne Maach. Se wier so ornlich gallig un all Ogenblick müsst Biggi ümmer dor, wur de Wüürd mit so'n plietschen „s" brukt warden, an de Tafel, müsst se schriewen – dat güng ja noch; dat föll ehr gor nich schwier –, nee, se müsst se taun Gaudi von de Klass un von Fru Luchtenhagen so lange spräken, bet de Lihrerin den Indruck har, so, nu müsst dat rieken. Helpen deit' œwer nich. „Biggi, sprechen Sie mir nach: Sechsundsechzig Schwestern sollen sieben stattliche Sonnenblumen suchen."

Un nu Biggi. Se kœnen sik dat woll utmålen, wat dor för een Geståmer taun Vörschien keem. De ganze Klass kriechte dat Hœgen, obschonst se dat fründliche Mäken ganz giern haren, œwer bi dit Gelispel künn kein-een nich an sik hollen.

Œwer jede Stunn geiht eis vorbi. Mit een bannigen Swung slög Madame ehr Bauk tau, wünscht noch een „Gauden Daach" un schöf ehrn prallen Hinnelsten dörch de Dör nå buten. Dat normåle Dörchenanner von välen Stimmen güng los. De Halbwussen harn sik noch so väl tau vertellen. Blot uns Biggi wier noch in Brass un künn gor nich tau Rauh kåmen. Ehr blaagen Oogen lüchteten, se sprütten blot so vör Uprägung un in Wallung sin. Een düchtig Hochgåhn wier dor ok mittenmang. Se künn dat nich fåten. Ümmer dat glieke Leed.

Taun Enn'n secht de smucke Diern – se wier nu up Hunnert – tau ehr Fründinnen: „Wat de olle Zzausel mi sssecht, dat's mi schschitegål, dat geiht mi ssssößhunnert Zzentimeter an Nors vorbi!"

Dor meint Sophie: „Allens, wat wohr is. Du spräkst uns vullstännig ut'n Harten, Biggi. Œwer sech man bärer fiefhunnert. Dat's nauch!"

25

De plattdüütsch Nam'

Friedachåbend wier't, de letzten Lüd wiern endlich gåhn.
De Låden wier leddig, Anning Witt künn kum noch ståhn.
Dor stünn noch männigein Ding so rümmer up de Ierd,
Dat wechrümt ward möt, mal för't Hus, mal vör de Diert.
Dortwischen leech noch ein orrer de anner Büdel,
Den'n man in't Geschäft so brukt, för männig Artikel.
Se bört noch furts 'nen Sack Kuurn in't Regal nå båben,
Ehr Gedanken wiern schon to Hus in ehr lütt Goorden.
Uns Anning stöhnt vor sik hen un denkt: Wat dat nu sall,
Dat wier'n Dach wäst, bi so'n Daun ward sülfst de Düwel mall.
Dat wier kort vör söß, se freugt sik up'n Fieråbend.

Se han in ehr'n Konsum 'n por Dråhtäsel bekåmen,
Diamant so heiten se, so stünn't up ehren Råhmen.
Stücker twintig, nich väl, mihr geef't in dissen Månd nich.
Dat wier ehr Soll, mit dit lütt Mallür affint man sich.
So wier't in disse Tied, de Lüd hemm' dat åhnt; mit Tee,
Stäuhl un Hocker, so stünn'n se all buten, kort nå dree.
Bald wiern de Rœ' all, dunn kåm Zement, denn noch Fliesen.
Den'n ganzen Dach kannst di mit son' Såken vermiesen.
Nu wier de Låden leddig, nu gewt nix von Wiert mihr,
Man dat, wat's ümmer gewt, wat nich güng, wie't ümmer wier.
Dat wier kort vör söß, se freugt sik up'n Fieråbend.

Se nimmt den Bessen, fägt un ward mit eis so gråd ståhn.
Süh an, dor ward doch nich noch de Lådendör upgåhn?
Anning Witt, de kreech dat Plinsen, gråd wie lütt Kinner,
Kiek an, kümmt dor so 'ne Ollsch mit Kittelschört rinner.
De kiekt nå links, dann nå rechts, sliekt im Låden rümmer,
As söcht se wat, un tauletzt, nu ward' ümmer dümmer,
Schüfft se ehren ståtschen Nors noch in dat Büro rin.

26

Nu wiert tau väl: „Halt, mien Fru, da geht's für Sie nicht hin!"
De Ollsch, baff, kreech dat Ståmern un piepste as so'n Mus
Mit roden Kopp: „Ich tättät nur kieken noh 'n Kleefuß."
Dat wier kort vör söß un wier noch keen Fieråbend.

„'n Kleefuß gibt es hier nicht, das muss von Ihnen ein",
Anning kiekt so plietsch, „meine Dame, großer Irrtum sein."
„Das mit de Dam", nu de Ollsch, „würd zu mich nich passen.
Das kœnen's man in ihrem Wuurtschatz stecken lassen."
„Im Iernst, lew Fru, hier gifft, wat een so inföllt in Brägen,
Doch 'nen Kleefuß, hemm' wi bis hüt nich liefert krägen."
„Œwer Herr Kleefuß bedeint' mir doch vörrig Fridach,
Und antwuurt mir Platt up all von mich gestellte Fråch."
Uns Anning hürt up, se fäuhlt dor so ein wiss Åhnen,
Kricht so'n heimlich Grienen, denn ehr ward dor wat schwanen.
Dat wier bald söß, Anning freugt sik up'n Fieråbend.

„Der Herr Kleefuß muss in diss Geschäft aber würcklich sein,
Er gab mir letztens son' Stück graurot gemasert Stein,
'nen, wo man drauf gehn' kann, da säd he, wie er hieße,
Dass so Stücker dörtig er für mich trüchleggen ließe.
Ich sollt', wenn's richtig wär' un min Kierl tät entscheiden sich,
Trüchkommen, und direkt nach ihm fragen, sagte er mich."
Anning ward dat Hoegen krägen, wat Niechs för Hagenow!
Dat müsst' se nåst glieks vertellen ehr Nahwersch Püttelkow.
„Wo war das, Sie sagten auf'm Hof? Wier dat son' Låhmen?
Wie sprach er, gute Frau, wie nannte er sich bei Nåmen?"
Dat wier bald söß, Anning freugt sik up'n Fieråbend.

„Er hieß sich in Plattdeutsch Kliefoth, so sprach er zu mich."
„Den'n hemm' wir hier, dat is man wissing, ganz sicherlich.
Der läuft buten up den'n Hoff, schleppt dat Holt dorhinnen.
Dat ist de, den'n Se söken, de kümmt glieks nach binnen.

Aber wie sind Sie denn auf Kleefuß nur gekommen?
Damit machten Sie mich jetzt vor sechs ganz benommen."
„Er sprach doch platt mit mich. Dann sagte er noch wie er heißt.
Der macht sich ein Spijök mit dich, dacht ich, so geht's mir meist,
Nennt sein plattdüütsch Ökelnåm. Den'n ward woll de Düwel reiten.
Ne, im Iernst, lew Fru, sollt he wohrhaftig Kliefoth heiten?"
Anning taufräden, dat giwt nur eenmål up de Welt,
Freugt sik up ehren Hans un wies' em dit Läuschen vertellt.
Nu wier't Klock söß, un nu wier't endlich Fieråbend.

De Schönheitspickel

Bi Heiner Slachter, den'n oll Sanitätsrat,
So namsten se in Hagenow ehrn Dokter.
Keem mål ne Buersfru ut Bresegard
Un secht: Se har Maless mit ehr jüngst Dochter.
De har sihr väl Quaddeln in ehr schmuck Gesicht.
Un nich blot dor, œwer dor wier't gråd tau seihn.
Ankieken künn man dat nu wiß un wohr nich.
Se har all dull inschmert, blot dat wür nich rein.

Kiek an, secht dor füünsch Dokter Heiner Günter,
Wat hemm'S dat arm Mäken denn rupperklårt?
Woll Häuhnermess orrer gor dat von juch Schieter?
Ne, grient de Ollsch, wi sünd doch ok all upklort.
So'n Kråm verwennen wi in uns Hushalt nich.
Pierdsalw un von Nahwers 'n Kattenfell wiert.
Ümmer an Åbend un denn œwer ornlich.
Uns leif Döchting hett sik nich mål grot verfiert.

Na, leif Fru, den'n versäuken'S eis diss niech Salw.
Dreimål an Dach, up jedein Piecks, seihn'S so!
Dat ward woll anslåhn, secht de Kauh tau ehr Kalf.

28

Denn kriech'st 'n Visåsch as so'n Kinnerpopo.
Nu œwer gahn'S fix, åhn dat mihr Tiet ward verquaast.
De annern Patschenten luern buten all lang.
Kåmen'S wedder, wenn't nich helpt, hemm'S de lütt Kraasch.
Œwer dat ward wat, dor is mi gor nich bang'.

Tiet vergüng, de Dokter kickt ut't Finster gråd,
Dor stünn de Buersfru all wedder vör de Dör
Hüren'S, dat wier allens vergäbens Herr Rat.
Helpen deit dat nich, nich'n bäten bi min Gör.
Fix nähms dit, dat is nu œwer de letzt Schrie.
Un den'n Adschüs ok: Rinner de neechst Patschent!
De Oll ielt wech, kiekt unglööfsch up den'n oll Brie.
Œwerlecht, ob sik dormit dat Schicksal wennt?

Duert nich lang, dunn keems all wedder an tau lopen.
Ik måk dat kum seggen, Herr Sanitätsrat.
Kum in de Dör, füng's dat schon an tau Ropen.
Ehr letzt Schrie de måkt bi Greten ok keen Ståt.
So, meint de, un weicht nådenklich mit sin Kopp,
Wenn all's nich helpen will, denn helpt blot noch ein;
Denn möt se woll upmåken den'n wißen Knop.
As reip Fru verståhn Se säker, wat ik mein.

Se sall dor mal eis so'n ståtsch Kierl gebruken.
So'n lütt Baby vullbringt oft wohre Wunner.
Dat helpt bäder as tauväl Pillenslucken.
Se sall'n seihn, dor kullern de Pieks stückwies runner.
Tjä, Herr Dokter, diss Såk is noch tau œwerleggen.
Se hemm' dat säker allens ornlich bedacht.
Blot, min Gret möt doch all drei Görn uptrecken.
Wenn dat bi all Pieks so gåhn sall, den'n man Gunnacht,
Den'n kümmt de Diern an Enn' noch up Stücker acht.

Dat achterlastige Prozedere

Herbert Arthur un Herbert Paul wiern Kollegen. Se säten beid in ein lütten Rum un so wier dat zwangswies, dat ein jeder von de beiden dat Afsünnerliche von den annern ball kennen liernte. Ein wüst von den annern, wieväl Minuten he in de Früh tau lat keem un wieväl he taun Fierabend – also tauminnest teihn – vörher tau rechte Tiet uphürte. Dat wiern twors jedein Dach blot ein por Minuten, œwer dat hümpelt sik.

Eines Dachs, dat wier kort vör Klock teihn, stünn mit eis ehr Bås in'ne Dör un wull wat von Herbert Paul.

Dat is nu an de Tiet, den Läser tau verkloren, wann sik dat allens afspält hett. Dat wier tau ein Epoche, de dat hütigendachs nich mihr gifft, hürt ik. Se is einfach so ünnergåhn. Hüt sünd sœben Stunn Arbeid jå man blot 'n Richttiet, de du beliebig verlängern kannst. Verkörten? Dat geiht schon gor nich. Jedenfalls nich åhn Konsequenzen. Dat hett mi ein secht, de dat wissen mot, alldieweil he œwer den Arbeidsprozess ganz allgemein un œwer de Arbeidstiet im Besünneren forscht. Wecker Dinge in uns Tiet œwer ok all so dörchlücht warden?

Also de Bås steiht in'ne Dör. Dor süht he Herbert Arthur bi ein merkwürdiges Prozedere sin Daun hemm. In de Hand höll he 'n Rull Klosettpopier und let vun de Rull ein bannig grotet Stück afrullen. Dortau höll he sin Arm in de Höcht, utstreckt bet œwer sin Kopp – he wier gaud 1,85 m grot –, un nipp dat Stück von de uttreckt Hand bet runner taun Bodden, dat wier de akråt Läng, dat wür ut Erfohrung rieken, de ritt he af. Dunn nähm he von de ollen A4-Kladde-Popieren, de he in ein Schrankeck upbewohrte un de egentlich in Popierkorf hürten, de he œwer pütscherig upbewåhrte, alldieweil he de noch ein besünner Verwennung tauführen wull, ein Blatt, deilte dat in vier Stücke, also vier A6-Formate, nähm twei davon locker inne Hand, dreicht sik üm, greep sik de Tagestietung, flöt sik ein un dunn schuwt he, ahn sick üm sin Bås tau kümmern – nu wiert ein Minut bet Klock teihn –, rut ut de Dör.

De Bås kreech dat Slucken un secht ganz œwerrascht tau Herbert Paul: „Wat wier denn dat? Kœn'S mi dat verkloren?" – „O Bås, ik holl dat ball nich mihr ut, diss Prozedere", secht Herbert Arthur, „ümmer akråt Klock teihn is dat sowiet. Ik glöw, Herbert Paul schitt nå'n Uhrwieser, nipp Klock teihn kümmt em dat. Dunn möt he ut de Büx. Dat wier, secht he, sin Recht, dor kann em ok de Düwel nich von afhollen. Wat rut möt, dat möt. Künn jå schließlich nich binnen bliewen. Wo keem wi denn dorhen?

30

In twintig Minuten kümmt he denn wedder rin mit so ein stolte Visaasch – ik möt an mi hollen, œwer dor künn ik em ümmer wedder rinner haugen –, as hett he 'n Wunner, wat ganz Grots vullbracht. Solang dat klappen deit, meint he, is allens in de Reich." – „Seggen'S, is dat nich ein bäten väl Popier, wat he dor mitnåhmen hett? Un wurför bruckt he de beiden lütten Schnipsel von Zettel, also disse A6-Dinger?" Herbert Arthur kricht dat Smüstern. „Ik weit ok nich, wat he mit all dat Popier måken deit. Ik wier jå noch nich dorbi. Œwer dat Verwennen von de beiden Schnipseln, wat he dormit måkt, dat weit ik, dat hett he mi verråden. Se råden dat nich, orrer? Kœn'S ok nich weiten. Dor kümmt kein Minsch nich up. Dat's wägen de Hygenie, secht he. De lütten A6-Bläder lecht he up de Brill, up jede Siet ein, akråt un vörsichtig, dat se em nich rinner follen, un denn sett he sik – man möt sik doch in acht nähmen – rupper. Von wägen dat lütte Kropptüchs, also de Bakterien, Se verståhn? Also, dat de em wurmœglich nich in Nors krupen kœnen, un dor weit ik, wat förn Mallür anrichten kœnen. Dat sin Dickbeins säker mindigstens tweimal gröter sünd as de Zettelchen, un de lütten Krabbelbiester dat Hinnernis so doch glatt ümgåhn kœnen, dat is em woll noch gor nich upfollen orrer he hett sik vermäten, denn dat he dat nich bedacht hemmen deit, kann ik mi bi em up de anner Siet kum vörstellen. Ik bün mi säker, dat kladdert bi em ruter wi ein perpetuum mobile. Mi geiht dat Prozedere all lang up den'n Docht, verståhn'S mi, Bås?"

Herbert Arthur wier wedder rinkåmen un hett de letzt Wür' gråd noch mitkrägen.

„Du, dat kannst' gor nich weiten. Wierst du all eis dorbi? Dat will'k di seggen, bi mi hürt dat up, anners as bi din mobile. Un dat anner? Dat's min Geheemnis, denn dat Kabuff is de eenzigst Kabuff in disse grote un wiede Welt, wur ik so gadlich frie bün, wur'k mi as Minsch åhn Pullitik un all dat Gedröns von di un de annern woll fäuhlen kann. Üm eis mit oll Goethen bäten afwannelt tau seggen: ‚Dor bün ik Minsch, dor dörf'k dat sin, dor sitt ik fien!' ... Un nu, wat licht denn an, Bås?"

Dat hett sik nie nich ännert

Bin' Kaffedrinken secht sin oll Fru:
Ik vertell di wat. Un wat måkst du?
Du kiekst dörch't Finster tau Nåwers hen.
Hürst' woll gor nich tau. Wat sühst dor denn?
All dunnemåls as wi jung Lüd' wiern
Un Verdis Nabucco deden hürn.
Vör'n Losgåhn dor kikst scheif 'n bäten.
Hest ok nich 'n Momang lang setten.
Hest söcht in tweiten un drüdden Rang.
Taumåkt hest sogor den schmål, eng Gang.
Büst upståhn harst wedder Rast noch Rauh.
Peerst mi binåh up min söt niech Schauh.
Ik heff dacht, dor sitt ne anner Fru.
Büst verafräd un gråd de söchst' nu.
Soväl Johr sünd wi all verännert.
Man blot, dor hett sik nicks an ännert.

Ehr Kierl sik vörsichtig ehr tauwennt.
Süht, wi de Arger se œwerswemmt.
Kiekt ehr leif an, stråkt sanft ehr Gesicht.
Dat's hüt anners, andüd dat blot nich.
Dat hett sik ännert, un dat all lang.
Mit min stief Hals – schon dat måkt mi bang,
Kam'k hüt man gråd bet taun iersten Rang.
Dor helpt ok nich de wunnerbor Klang.
Un denn will'k di wat seggen Mäken:
Din Hohnräden, dat låt man stäken.
Ik gäf di Breef un Siegel dorup,
Wenn'k hüt ierst sitt, ståh'k wiß nich mihr up.

Dat hülpt süss nich

Mien Herr Vadder is mi in Erinnerung as ein gesunnen Mann.
Dat wier sin Läben lang so, binåh bet dat wier tau lat.
Wat Kranksin bedüt, un dat man dorbi richtig im Bett liggen kann,
Wüsst hei nich, verstünn nich, dat man dor ein Dokter hett prat.
Blot kreech hei eis so ein lütt Gripp, Hausten orrer gor Rieten binnen,
Denn lecht hei sik up't Sofa, wier'n Stöhnen un Gejammer.
„Kinnings ik starf, nu geiht dat tau Enn', hålt man fixing dat letzt' Linnen.
Secht Mudding, ik heff ehr leif, nich ror'n sall's in ehr Kåmer.

As Kinner wier uns dat nich recht, künnen gor kein Klauk dorin finnen,
Käken tau mit grot Ogen, dat ward' uns üm em grugen.
„Gåh doch taun Herrn Dokter, leif Vadding, he wåhnt doch nich wiet dor hinnen,
Hest woll grot Bammel vör em, sall'n wi uns dorhen trugen?"
„Och Kinner, de Dokter kann mi ok nich mier helpen, dat geiht to Enn'.
Wat weit de oll Kierl denn schon, wie dat üm juch Vadder steiht.
Nu kann mi blot ein Minsch up de Ierd noch helpen, dat's Apteiker Swenn.
Dor lopt man up de Schnell henn, üm tau hürn, wat hei so weit.

Wi bösten nu af, ümmer de lang Ståt von Hagenow so runner.
„Ach, Hausten hett juuch Vadder, dor hölpt bi em disse Saft.
An'n Morgen un an'n Åbend ein Löpel vull, dat wier woll ein Wunner,
Wenn dat nich ok dit mål helpt, un hei kricht sin vörrig Kraft."
„Hier de Medizin, Vadding, dor sast morgens un abends von nähmen.
Denn ward di säker bärer, so meint dat de Apteiker.
Dat hett süss ümmer bi di hulpen, du warst de bös Gripp schon tähmen.
He wünscht väl Glück, sast liggen warm un vör allem weiker."

Vaddern ward sik de lütt Buddel griepen, ansetten un, gluck, gluck, gluck.
Mit so ein gådlich Vergnäugen kikt he noch eis rinner.
Süh eis an, he nahm de Medizin un söp se ut mit ´nen höllsch Sluck.
„Dat möt allens mit'n mol rin, süss helpt dat nicks, min Kinner."

33

Mannslüd bi'm Tüten

Dat wier so üm Ostern rümmer. Dor kann man besünners gaud in Ogenschien nähmen, wat süss nich so upfallen deit. Œwer dat gellt nich blot för dat Vörjohrsfest, dat gellt för alle Feste int Johr. Dit mal also Gräundunnersdach: Muddern steiht tau Hus an Åben un måkt dat Ostermenü taurecht. Dor föllt ehr dat mit'n Schrecken in: „ Du hest jå gor nich an …" Dann secht's: „ Korl, lop doch eis fuurts na'n Supermarkt hen un köp noch 'n por Tomåten. Œwer dat mütten schöne Stücker sin! Bring mi kein Tomåtenmus mit. Den'n kannst denn gliecks wedder trüchbringen. Also so grot – se wiest em so bi rüm de Gröt mit de Hänn' –, schön rot un åhn musige Stellen, weit'st nu, wat ik mein? Un bring' nich wedder de gälen Dinger as nülich. Orrer gor de figilånten gräunen!" – „Dat wierst du doch sülben. De hest du anbröcht!" – „So? Dat wier ik? De bringst nich. Dat mütten rode sin. Münnen dein se jå all längst nich mihr as Tomåten. Wenn ik dor an min Jugend trüchdenken dau! Mi will dat liekers nich in den'n Kopp, woans de Holländer den'n Smack ut dat Åft rutzücht hemm. Hüt smecken se nich nå em un nich nå ehr. Un nå di gliecks gor nich! Dorœwer måkst du di natürlich kein Gedanken. Oh, ihr Kierls. Wie wi juch satt kriegen daun, is juch schietegål. Also, kannst' di dat mårken?" – „Jå, jå, is jå schon gaud …", mult Korl un schuft ab.

Bi'm Supermarkt seech dat ut, as wür ehr Uurt kort vör ein Hungersnot ståhn, as wiern all de Lü' nå de Fastentiet grådtau vom Fleesch follen un möten nu ornlich tauschlågen. Dorbi, fasten? In ehr Dörp? Oh, wat för väle Minschen wiern ut ehr'n Bu krupen, de ganze Placken wier up de Bein. Un in de Inkoppswågens verschwinnt so nå un nå dat vullstännig Supermarkangebot. Mit ne ganz stolt Visaasch schöften de Kierls, de mitkåmen dörften, de Wågens. Dat wier doch eis ne Upgåf. So künn's ehr Frugens doch eis so passig tau Hand gåhn. Einzeltköper kiekten de Herrn ut de Schöppung grådtau as Verkiershinnernisse an. Deren Frugens huschten dorhen un hierhen, packten in, wat ut ehren Brägen so ruterkullerte, un so reigenweg näbenbi föll dor noch so mannig ein Drœnschnack mit de Möllersch orrer de anner Nawersch von gägenœwer af. „Wie heit de Fru doch gliecks eis?" Doch ehrn Kierl wier dat schnurzegål, he schuf sin Wågen, schulte dorbi blot nå de Koembuddels un höll sik an den'n Rullerkorf fast.

„Wat hett se secht, wurväl sast du intüten? Dat hett's sülfstverständlich bi all ehr Gedœns wägen de gälen und gräunen Tomåten vergäten tau seggen." Korl keem int Gruweln. Nu wier gauder Råd düer. „Ach", denkt sik Korl, „bringst so 'ne Kunststofftüt vull mit. De Dinger warrn jå nich slecht, glöw ik. Arger gifft dat so orrer so. Se wart nie nich taugäben, dat se in ehr Råsch vergäten hett, mi de Stücktåhl antaugäben."

Vör den'n Stand mit de Tomåten geef dat ein Stau, ein Köperstau. Por von de Kierls harn ehre Wågen direktemang vör de Woren platziert. Dit wier hier ehr Platz, den'n löten se sik nich nähmen. Dat wier wi up de Autobahn up de linke Spur mit 100 Såken, dat wier ok ehr Spur, so wie hier de Platz vör de Tomåten. Dortwischen langten nu de anderen Köper dörch un versäukten, an de Dinger rantaukåmen. „Ne, sowäl Unvernunft œwer ok! Kierls!", säd ein jung Fru mit ein lütting Kind an de Hand. Un angelte nå ein Melone, de gråd näben dat rode Gräuns liggen ded.

Denn har sik Korl binåh dörchmogelt. Blot noch ein anner Solokierl åhn Fru stünn noch näben em. Beid gräpen fast tau glieker Tiet nå so ein dünn Tüt un versäukten, se von de Roll tau kriegen. Dat wier nu schafft. Still keem up. Beid harrn ehr Fladdertüt in de Hänn'. Beid versäukten nu, de Dinger, de in sik fastkläwt wiern, uteinannertaukalmüüstern. Beid schwiegen un luerten up den'n annern, ob de dat woll fixer henkriegen deit. „Diss dauert mir zu lange, meine Herren, darf ich mal?", säd dor ein Fru, grippt sik ne Tüt, har se im Nu taupaß, löt ein por Tomåten dor rinner fallen, un säd: „Danke, die Herren!" Mit ein Schmüstern schuf se wierer. Korl kikt den annern verdaddert an, de kikt em an un secht: „Denn willn wi man wierer uns Daun daun." Wedder de atemlose Still un de Versäuke, de Tüten in de akerate Funktionswies tau bringen. Korl höllt dat tausåmendrückte Ding an sin Mul un versäukte, de twei Lagen uteinannertaublåsen. Näben em knistert dat bi den'n Versäuk von den'n annern, mit klammen Fingern de Tüt tau entfollen.

„Immer de glieke Schiet mit diss Folien. Dat de nicks Vernünftiget taustand kriegen daun. Hemm' Se up de Frugens acht, de vorbigåhn sünd? Ümmer dat hämische Grinsen." Se bemäuhten sik. De Tiet stünn nich still, se verging. De anner säd: „De Tomåten sünd ok nich mihr dat, wat se ihrgistern west sünd. Utsehn daun se ja noch so, as wiern se weck, œwer kœnen se sik noch erinnern …?" Dorbi kikt he Korl mit de wiß Frach im Blick von de Siet an. De nickt. „… wie de ihrgistern schmeckt hemm? Twors geef dat nich ümmer son'ne Dinger un wenn, denn blot tau de Tomåtentiet, œwer dann …" Korl anterte: „Nå Tomåten hemm's dunnemals råken un schmeckt. Œwer ierst tau Wihnachten, de Appelsinen, kœnen Se sik erinnern?" De anner nickköppt lebhaft, wurbi he wierer den Kunststoff bepüstert. „Dor is woll ümmer ein Damper ankåmen, wer weit von wur, œwer mi löpt allein bi den Gedanken daran dat Water im Mul tausåmen. Mi is nich klor, wat de hüt mit de Orangen anstellen daun." Se knütterten un knüllten, dortau Schwiegen. „Hemm Se woll wüst, dat man dat rode Gräuns in Südtirol Paradeiser nåmst? Ik wier nülich ierst dor. Dor hemm se noch nå Tomåten smeckt orrer äben nå Paradeiser." – „Dor gåhn de Tüten säker ok nich bäder up, mein ik." – „Dat weit ik nich, mi hemm's up den'n Mark de Dinger in ne Popiertüt leggt!" Wedder dat andächtige Schwiegen, dat Schwiegen mit anhollen Ådem.

Den'n annern Kierl mit sin wohrhaftig groten Hänn' rutschte de Tüt ümmer wedder wech. Doch tauletzt wennte he all sin Kraasch an, kreech de Tüt uteinanner, griente Korl stolt as'n Primelpott an, lechte vörsichtig twei Stück Tomåten rinner un trollte sik dorvon.

Jichtens wier dat ok bi Korl so wiet. „Wenn man schon eis so'ne Tüt upklamüstert hett, denn sall se ok 'n passig Barch upnähmen", dacht Korl gråd bi sik, as dat Mallür passerte.

Sei dat, dat de Tüt bi dat Rümmarachen mit ehr 'n Loch krägen har, sei dat, dat de Tüt ein Fähler von dat Herstellen har orrer för de välen Dinger nich utlecht worden is orrer Korl sik son lütt bäten dœmlich anstellt har, jedenfalls måkte dat up'n Pluutz „plumps" un de vullstännig Hupen von Tomåten wier wedder in de Kist follen un Korl müßt nu dat Spill noch eis anfängen. „So'n Schiet", schimpte Korl vör sik hen, „nu geiht de Maless von vörn los. Nå, mien Söten, täuf dat blot af, von wägen Tomåten vergäten. Dat neechst mål rönnst alleen."

He rullt sik 'n niege Tüt af. He fängt an tau püüstern, tau rœteln un tau knautschen. Jichtens eis …

(Ost-)Berliner Verköpersch

Dat's nu ok schon `ne Wiel her un in uns Tiet woll unwohrschienlich orrer doch nich? Luischen Kröger har dat ut ehr tau Hus an de Ostsee wägen ehr Profeschon in de dunnemalige Hauptstadt der DDR treckt. Se weiten nich, wo Se de inreigen salln? Se sünd woll ierst nå 1990 burn worrn orrer ut de ollen Bunnesländer tautreckt? Dat wier för dörtig Johren man de lüttere Hälft von dat hütige Berlin un binåh hermetisch von dat œwrig grötere Deil aftrent. Œwer dat wier ein besünnerer Uurt, also sowat wi ein Schlaraffenland för de annern

DDR-Hansels, wur dat mål eis Bananen un Appelsinen geef un wur von tein Dingens, de Mudder taun Inköpen upschräben hett, blot fief nich an den'n Dach, wur Klas los müst, wur he de Geschäfte abklappern müst, tau kriegen wiern. Nich, dat dat de Waren nie nich tau köpen geef, dat nu gråd nich, œwer se wiern man utgerechnet an dissen Dach utgåhn un wann un ob œwerhaupt se wedder den'n Låden upsäuken würn, künn kein-ein seggen un dat Kollektiv von meist Verköpersch tuckte blot gelangwielt mit de Schullern, wenn ein dornach fröch.

Luise wier nå ehr Deinst noch furts up ein Sprung in den'n Konsumlåden hüpt, in dat Geschäft, dat egentlich Gemüse un Åft verköpen sall, œwer wur dat an'n lat Nåhmiddag man kum noch wat Vernünftigst von disse Wåren tau köpen geef. Por olle Konserven, de geef dat ümmer, œwer mit wat Frischem wier dat so 'n Såk.

Doch ditmål har se Glück. Dor legen doch wiss un wohrhaftig Tomåten in dat Regal un sogor rode un riepe. De wull se köpen un taun Åbendbrotäten up den'n Disch leggen.

Sei dat, dat se bim Inköpen mit ehr Gedanken noch in'n Büro wier, sei dat, dat de Verköperin gråd dat markt hett, dat se nich ganz up de Höcht de Tiet wier, jedenfalls dröch se ehr Paradeisappels in de Tüt vull von Stolt in ehr Wåhnung.

Nu möt an diss Stell dat besünnere Wäsen von ein Berliner Verköpersch tau de achterihrgistrige Tiet verklort warden. Ob dat hüt ok noch taudrifft, dor will'k mi kein Urdeil œwer verlöwen, dat weit ik nich so nipp, dortau köp ik as Randberliner tau selten in Berlin in un dat Wårenangebot hett sik doch höllsch verännert. Eine Ostberliner Verköpersch wier ümmer sihr akkerat inkleid, denn se säd jå an de Quellen. Ik will nich seggen, dat dat hüt anners is, dat mit dat Antreken, œwer tau de Tiet, von de hier de Räd is, wier dat schon wat Besünneret. Wat se nich in ehrn Låden har, dat wier bi ein anner tau kriegen un de Uttusch twischen de ünnerscheidlichen Lådens verlöp gråtau vörbildlich un utgeteiknet. Ein Anraup, un Pullover verännerten sik in Babysitter orrer Bohrmaschinen in Appelsinen, 'n por gäle Schlüpper, in ein ståtschen Sack Zement orrer wat weit ik noch so allens. Ein Verköpersch, dat wier egentlich 'n Goldmarie. Nauch geef dat nie nich von disse högeren Wäsen. 'n Verköpersch tellte tau de Mangelprofeschonen, de enfach nich tau kriegen wieren. Uterdem müßt man se mit gråtau besünnere Akkuratess un Ünnerwürfigkeit behanneln, ehr tau Mul räden un schwiegen, wenn dat sin möt. Denn dat besünnere Mulwark von so ein Ostberliner Verköpersch wier ein stadtbekannt Sechwuurt. Schnodderig wier gor kein Utdruk un, wenn se sik denn bequämte, up de Frågen von de Kunnen intaugåhn, denn je nå Lun ornlich orrer man lütt bäten miesepetrig orrer kiewig, männig eis ok krœtig.

De Kunnen wulln jå wat von ehr un nicht annersrüm. Se säd an de Wårenquell un ob se sik bücken deit, um vortauhålen, wat nich in Regal leech, dat hüng schon sihr von ne wissing Zympathi un dat Entgägenkåmen von ehr Kunnschaft ab un ob de woll ok as Anliewerer von anner Bückwor in Fråch keemen. Wo drei von diss Sort tausåmenståhn dein, blot nich stürn, se blot nich ut ehr bedüdent Gespräk ruterhålen. Villicht noch mit den'n meist brukten Spruch tau de DDR-Tiet: „Haben Sie …?" De Sabbelsucht von so'n Hop Verköperinnen wier åhn End un müßt mit allen, ok mit de, de gor nich in ehr Geschäft tau finnen wiern, egål ut weckern Låden se nu gråd keemen, dörchhechelt warden. Dorbi rötterte ehr Mul as 'ne Wåtermœhl bi Hochwåter. Denn eis geef dat nich, Konkurrenz ünnereinanner. De tau ehr Leed nich to vermiedende Stürenfried wiern ümmer de Kunnen, disse Heinis, de sik in ehr so afschirmt Riek intaudrängen wågten.

Dat wier mihr als utverschämt un wür mit bannig korte Wür' ünnerdrückt. Dat måkte man blot einmål, denn nie nich wedder. Dat wier 'ne Erfohrung för dat wiedere Läben, tauminnest so lang, wi, jå … wie dat de DDR mit ehr mihr as afsünnerlichen Läbensoorten geef. De grötst Fien' von de Verköpersch' wiern dataumål, dütlich secht, de Kunnen.

Tau Hus ankåmen, ward Luisen nu de Tüt mit de Tomåten upmåken. Wat se dor tau seihn kreech, dat verschlöcht ehr den'n doch de Språk. De Dinger wiern upsprungen, teilwies all Matsch, œwerriep – man ganze drei künn se brucken, de annern wiern Utschuß, wiern nich tau verwennen.

Luise wier ein recht taurüchhollende Fru von trüchhollender Höflichkeit un Achtung för annere Minschen in ehr Wäsen un güng giern Striet ut den Wech. Doch dit Mallür seihn un sick tausåmenrieten, wier eins. Dit let se sich nich gefollen, dit wir tauväl. Sie wuss œwer sik ruter und bekämpfte ehrn inneren Swinshunn'.

Schnurstracks güng se wedder in dat Geschäft tau de Verköpersch un wull de Wor ümtuuschen. Wier jå mœglich, dat se bätere Tomåten ut ein Eck tauweech bringen wür. Doch de Verköpersch? De argerte sik. Nu gråd nich, von wägen Ümtuusch, so bekeem se blot dat Geld trüch. Wat anners geef dat nich, basta. Dat harn wi schonst: De grötst Fien' von de Verköpersch wiern dataumål, wie all secht, de Kunnen.

Luise stünn nu dor, de Tüt mit den Matsch inne Hänn' un œwerleggte nu, wat se woll daun süll. As all secht worden is, se wier ne trüchhollene, ihrer bescheidene Fru, de anner Minschen nich väl Ümstünn' måken wull. Ach, hett's dacht, hest schon nauch Maless måkt, packst de Tomåten wedder in un schmittst se in de Mülltonn vör dat Hus.

Doch dor har se sik œwer dat Verkierte utdacht, dormit keem se gor nich gaut an. Mit ein ganz füünsch Snut güng ehr de Verköpersch an:

„Det hamm'Se sich woll so jedacht, Madameken. So weit kommt dette noch. Nu och noch Ketchup draus machen woll'n, wat?"

n.n.z.P.

„Oh, dieser Brief, das passt mir grad.
Er kommt vom Herrn Medizinalrat.
Als hätt man sonst nichts weiter zu tun,
Erstarrt dann da wie ein dummes Huhn.
Da erhält man heute so ein Blatt,
Allein sein Anblick macht mich all matt.
Und dann zum Schluss die Hieroglyphen.
Kann Er's enträtseln, Gehilfe Swenn?
Was heißt hier, und das bisschen standepeh,
Am Schluss die Buchstabenfolge n.n.z.P.?"

So ward Assessor Meier spräken.
Un blifft bi diss Afkörtung stäken.
Un künn dor gor kein Klauck in finnen.
Hei argert sik, wier ganz von Sinnen.
Dat Tüüchnis von den'n Dokter Günther
Brukt hei för Börgermeister Dinter.
De wull up sine all ollen Dach',
Dorvör stünn blot dunnemals de Frach,
Ob dat ut Dokters Sicht mœglich wier,
Sik verfriegen mit Witfru von Zier.
Un nu dit, dit Mallür von'n Stück Schien.

Swenn wüsst dat ok nich, wat sall dat sin?
Hei slukt, måkt'n nägenmalklauk Gesicht.
Blot ruter kamen deiht dor gor nicks.
„Hei, Dokter Günther, måkt di dat Hœg?
Er neigt ja manchmal zum Spijök.
Doch bei dies amtliche Dokument.
Dürft das nicht sein, Himmels Sakrament!
Da hilft kein Klagen und auch kein Weh.
Wat meint de Dokter blot mit sin n.n.z.P.?"

Dat helpt nu nicks, dor müsst los de Swenn.
„Swenn, laufen Sie mal zum Dokter hen.
Und dann, wir lassen ihn man fragen,
Was will der Arzt uns hiermit sagen?
Wir fänden nicht den richtigen Dreh,
Können nicht entschlüsseln dieses n.n.z.P.?"
De Dokter kricht ein mächtig Grienen.
Em makt dat Spaß, so ward dat schienen:
„Na, dat's doch versmüüstert klipp un klor!
Nur noch zum Pinkeln! So steiht dat dor!"

Herr Perfesser S. mücht Se spräken

Dat wier in Marbach an Neckar in dat Deutsche Literaturarchiv Marbach, dat's is dor, wur de välen Tüchnisse un meist unläserlichen Handschriften, mœglichst all ehr ihrwürdigen Wür', de se von sik gäben hemm, von all de Schrieworslüd, ob plattdüütsche Schriewers ok dorünner sünd, dat weit ik nich so nipp, dorüm heff ik mi noch nich kümmert, upbewohrt warrn. Dat's dor, wur man ehr handschriftlichen Notizen twors nich läsen kann, œwer se fien propper uprümt, sammelt un katalogisiert hett, wur sik Biller von de einstigen Gröten finnen laten un ok so'n bäten orrer ganz schön dull upbewohrt ward, wat nåwießlich, taun Bispill, eis de Reich-Ranicki tau den'n Walser secht hett un wat de dorup ganz in Brass antert hett, wat nu wedder den'n Reich-Ranicki sienersiets in Rage bröcht hett un so wieder … orrer noch anner son'n dumm Tüüchs, dat jichteneis blot noch de Fachlüd' von de Litraturwetenschåp ut dat Archiv utleihnen warn.

Ik wull so'n bäten in de gesammelten Schriften von Fru Mary Tucholsky wäuhlen, wiel dat mi de Hochtietsreis von ehr un ehrn Kurt interessieren deit, wuræwer æwer nicks tau finnen wier. Dat blifft woll för ümmer ehr Geheimnis, dat se mit int' Graff nåhmen hemm.

Nu gaud, ik heff nich funnen, wat ik finnen wull, wull æwer liekers nich åhn Afscheed vun de junge Fru gahn, de mi bi dat ,Inne-Gäng-Kåmen' bi min Säuken biståhn hett, bün tau de Madame an den'n Kasten gåhn, de sik niemodsch Infopoint namsen deit, un heff ehr min Wunsch klormåkt, dat ik denn doch giern de jung Fru, de mi willkomm' heiten un mi in dat Säuken inwiest har, noch eis spräken wull, um mi von ehr tau verafscheeden. Üm „tschüs" tau seggen.

De Dame grippt sik den'n Hürer, wählt 'n Nummer un bölkt nu in den'n Kloenkasten rinner – secht entschulligend dortau, de Telebimmel wier funkelnågelniech un up sihr lies instellt un dormit keemen de Kollegen nich trecht, nicht recht klor – se röpt also ganz lut: „Frau M., der Herr Professor S. möchte Sie wohl gern noch einmal sprechen!" – „Um Gotts Willen", antert ik upgerägt, „ik bün jå kein Perfesser un heit ok nich symbolisch Herr zu Guttenberg orrer wie ein anner von de Oort ein."

„So", secht se füünsch, „dat's mi egål. Weiten Se, wat ik hier schon för Maless mit de Herrn Perfessers krägen heff?" Ik möt woll sihr dœmelich, gor nich perfesserhaft ut de Wäsch käken hemm, dat se dat Grienen kriegen deit un sik vull von Mitgefäuhl ut ehr Glaskist tau mi hen wennte.

„Ik will Se dat verkloren. Kümmt dor ein Herr in ehrn ehrwürdigen Öller anspazifiziert un ik sall em bi irgendein von us Belegschåp anmellen, un ik sech, Herr X., Y. orrer Z. will Se spräken, secht de sowat von inschnappt wißlich von båben runner un mihr as dütlich: Perfessor Dr. X. orrer Y. orrer blot Dokter. Dat is mi woll an de tein mål passert, dor heff ik dat upgäben. Siet de Tiet sech ik tau all de ölleren, betagten Herrn Perfesser. Ik heff mi dat angewennt, all æwer ein Strämel tau scheren. Manch ein – so wie Se, dat is æwer blot ne lütte Tåhl – verbätern mi, anner sünd ok kein, låten sik dat æwer nich anmårken un wedderrüm annere sünd wecker un dat is jå den'n andäm, dor is dat denn gråd akkerat. So dwatsch ankäken as anno dunnemals hett mi noch nich wedder ein. Siet de Tiet heff ik den'n lüttst Arger. Denn seihn'S, för den'n, der't is, för den'n is dat so, as sik dat gehürt, un för den'n, de't nich is, för den'n is dat meist 'ne giern tauseggende Utteikung. De denken bi sik: Egentlich is dat woll binåh wohr. Un wer weit …?"

De Kåhlenbestellung

Wier Harfsttiet in Woldegk, geef blot nen Happen Licht.
So wier dat dunnemals, so ok bi Kopmann Flach.
Blot an'n Enn von de Stråt een bannig lütt Latücht,
Dörchdringt dat man mäud Schummern von den'n hogen Dach.
Kåhlenkopmann Witt har hinner sik ne lang Tiet,
Von tiedig an, dat güng nu nich mihr väl schneller,
De Winter wier – süh an –, mit'n mål gornich mihr wiet,
Will'n alle Lüd, Kåhlen kriegen in ehr'n Keller.
Witt ward nu ok bi Flach de Kåhlen afflåden.
„Wat måkst du denn dor?", frögt em oll Flach,
Denn de keem gråd ut'n Gasthus antautraben,
„Ik heff längst min Füerung ünner Dack und Fack!"
„Du hest de Kåhlen doch bestellt", secht nu uns Witt.
„De låd man wedder up! De bruk ik nich dis Johr."
„Nun wark' verrückt, dat wierst doch du up min lütt Bidd.
Minsch Korl, büst' nå de välen Koems ok ornlich klor?"

„Wann sall dat west sin, wann heff ik de Dinger bestellt?"
„Na gistern üm de Schummerstund. Ik rep ‚Gauden Åbend',
Un du hest grummelt un di mit wen wat vertellt.
Un up dien ‚Jå' ward'k di denn noch wieder frågen:
‚Woväl?' Un du sechst: ‚Soväl, as in'n vörrigt Johr'.
Kannst di würcklich ganz un gor nich mihr besinnen?
Sech, min leif Korl, wirst du denn gistern ok nich klor?
Du, dat ward brenzlich, dor kann'k keen Klauk in finnen."
Flach kriegt dat Grienen, denn ward he luthals lachen.
„Weit'st Witt, gistern wiern min Fru un ik gor nich dor.
Blot uns Papagei, den'n heff'k secht, he sall man wachen.
Dat he nu Kåhlen bestellt, dat's eenfach nich wohr.
Du, dat möt ik glieks min Fru taun Besten gäben.
De lacht sik dot! Man nicks für ungaut und dat's wiß,
Ik ward' ok nich in Gasthus grot weddergäben,
Dat dien best Kunn' nu uns Papagei worden is.

Min Navi slöpt

Dor kümmt nu ball de neechst Krinkverkihr.
Ick weit nich wieder, wurhen dat geiht.
Bün sihr upgerägt, kann ball nich mihr.
Min leif Navi slöpt, mi ward ganz heit.
Sweit fängt an, œwerall tau rönnen.
Wat mak'k blot? Dor kåmen noch por Dings.
Möt dat mall Navi nu gråd pennen?
Hier an'ne Côte mit de välen Krinks?
Nu führ ik in'n Krink all de drüdd Runn.
Schon hett dor ein mi up den Kieker.
Nestelt an sin Kell, de hölt mi woll för dun.
Ik schmunzel em tau, he schuult lieker.
Süss is min Navi stets akkerat.
Blifft fründlich, likers all min Sünnen.
Heff ümmer ein Låf för em parat.
Un nu:
Min Navi slöpt, kann'n Wech nich finnen.

Noch eis dörf ik den Krink nich führen,
Dor måkt Herr Police woll nich mit.
Nu ist' son' Deil, nu möt'k mi rühren.
Ick haustel, knurr as'n Hund, de gliek bitt.

Ick gönn em sin mihr as verdeint Rauh.
Denn swor is sin Maud, mi recht tau führn.
De lütt Slåp möt sin, so af un tau.
Denn dat toll Navi is min oll Diern.
Dor schreckt min Navi up, kannt' nich fåten:
„Rechts mööst du führn nå dat Sannary.
Mööst mi doch nich ümmer slåpen laten,
Dat's slicht, man ik glöw, du bliffst dorbi."

43

Ein Vörwahlmallür

Doch dat gifft dat. Dat hett sik so un nich anners afspält. De Nåm', de stimmt sülfstverständlich nich, œwer süss. Dat's wägen den'n Perßönlichkeitsschutz, also den'n Datenschutz – dor ward jå hütigendåchs sihr groten Wiert up lecht –, wobi, ein Fru, de sik pulitisch so insett un den'n Datenschutz? Ich glöw, dat gifft dat nich, dat kann't nich gäben.

Xhirelda wier so'n bäten œwer de Dörtig un in de SPD. Se läsen ornlich. Dor wier se för twei Johren inträd un da dat woll kein-ein von de ölleren Genossen vör luter Vertwieweln mihr gäf, de dat måken wull, wier se de jüngst Vörsitterin von ehr Urtsgrupp worden. De Dschugend sall jå bi de SPD den'n Karren wedder ut den Dreck trecken. Wenn dat man gaud geiht. De Duwe up dat Dack, de süht twors passig ståtsch ut, wie se dor so sitt, œwer se flücht ok fix mål davon. Jå, wecker in de Pullitik ein Schwien is, de sitt, dat bringt em letztendlich Speck, wecker blot up flüchtig Duwen sett, hett in taukåmen Tieden man gråd 'n Hümpel Dreck uptauwiesen.

Se wier so eine Fru, de upföllt, also dat sech ik hier bi allen Respekt för Me-Too un MeTwo, de so ein ganz schön bäten verschönt in disse Welt rinsett worden is. Mit ehren brunen Teint un de schwarten lüchtenden Ogen wier se dat, wat man so ihrgistern, as man dat noch praktizierte, gemeinhen as Ogenweide beteiknet har. Se möten mi dat nåseihn, ik weit jå, dat man ein Fru nich up ehr Utseihn anspräken orrer gor reduzieren sall. Dorwägen will ik ok up dat Figeröse hier nich ingåhn, œwer, na ja … mi is bewusst, up dat, wat in ehrn Brägen drin is, kümmt dat blot an. Œwer wür ik Se, de Herren Läser mein ik, dat verkloren … Ik mein man dat äußerliche Drumherümmer. Denn måken Se dat man ein Kierl klor, wenn he so ein Kracher von Fru tau Angesicht bekämen deit. Dor vergåhn schon ornlich por Ogenblicke, ihrer he dor achterkåmen is, worüm dat hier egentlich geiht, wat se tauletzt secht orrer fråcht hett.

Jedenfalls har Xhirelda ehren Klub von meist olle Lü' mit ehrn Scharm un ehr Utstråhlen ünner sik. De betagten Maten von de Genossen fäuhlten sik all wedder jung, himmelten för sik hen, un de Frugens wiern stolt, dat ein ut ehr Reigen, also von ehr Geschlecht, dat Seggen œwer de mihrheitlich anwäsend Kierls har.

An diss Åbend mütt eine Reich von fast tau måkenden Såken besloten warn un dortau müßt woll ein gaud Stund lang enzelt afstimmt warden. Demokratie is af un an wat Langtögsch. Œwer wieldat akerat taugåhn sall, is dat denn man so. Taun sik Besinnen gifft dat nich Tiet; din gesunnen Vernimm in'n Kopp as Minsch möst schon son bäten in Hinnergrund drängen. Dat güng in diss hütige Bespräken üm dat Vörbereiten von de Wahlen.

„Un nu uns Kannedaten för de Urtsverträders. Für den Urtsbirat Adörp kannediert ut unse Reihen – möten wi nu einzelt afstimmen orrer kœnen wi dat en bloc måken? Nein, einzelt? Na denn ist gaud, also wecker stimmt für Günther Maritz? Jå-Stimmen? Nee-Stimmen? Enthaltungen?" Dat wier schafft.

„Un nu Fred Unverzagt. Stimmen wi af! Jå-Stimmen? Nee-Stimmen? Enthaltungen?"

So güng dat för nägen Dörper, de in de Urtsgrupp tausåmenfåt wiern. Ümmer de Nam', dann de Fråch, Ja-Stimmen, Nee-Stimmen, Enthaltungen. Dat duerte so sin Tiet bi œwer viertig Kannedaten in de Ortsgrupp. Meist geef dat 100%, blot mannig mal ok man 95 %. Dor geef dat denn persönliche aflähnende Vörurdeils orrer nich inne Reich brachten Arger von ihrgistern.

Denn müßten de Kannedaten för de Gemeindeverträdung utwählt warrn. „Un nu uns Kannedaten. Wedder einzeln?" Unwilliges Gemurmel. „Is jå gaut!" Dat flüsterte se man noch halfwechs klor un dütlich. Ok dat güng vörbi.

„Un nu dat Enn' von't Leed, uns Kannedaten för den'n Krinkdach. Jå-Stimmen? Nee-Stimmen? Enthaltungen?" Dat wiern blot noch fief.

Langsåm is ehr Stimm mihr un mihr lies worden. An Enn' von de Sitzung wier se heil heiser, wisperte blot noch. Man noch ein Wunsch hett's hatt: „Blot wech von hier!" Denn, någråd, ehr tau Hus. Kattenwäsch un af in't Bedd. Dat wier hüt so'n Dach west. Taun afgewennen. So recht inslopen künns anfangs œwer nich, dat güng in ehr Brägen man bloots: Jå, nee, Enthaltungen.

Se föll in ein hiddeligen Slåp, het sick dor ornlich in dal fallen låten. Dunn keem ein Drom un in den'n Drom güng dat ümmer wedder üm drei Würd. Se schwåhnt dat? So keemt: Jå-Stimmen, Nee-Stimmen, Enthaltungen. Dat dreichte sik ümmer wedder blot üm disse drei Würd. Se wölterte sik in ehrn Slåp hen un her.

Dun keem ehr Kierl so'n bäten antüdert tau Hus. De Krauch leech up den'n Wech. Se verståhn? He sinniert, kiekt sin Fru so an – so sünd de Kierls nu mål, wenn se låter un antüdert tau ehr Mausi kåmen – un denkt: „War'st dat doch eis versäuken." He strikte ehr licht und zart œwer dat Gesicht – dat wull he taumindest, dat wür' œwer mihr ein Betatschen – un wisperte ehr wat in dat Uhr. Wat? Na dat, wat man so flüstert, wat egentlich ümmer ankümmt, geef ehr ok so'n lütt Säuten up de Back.

45

Xhirelda is in ehrn Drom grǻd wedder bei de Jǻ-Stimmen, Nee-Stimmen ankǻ-
men und nu, bi't wak warden, kümmt blot ein bannig drœsig Wispern ut ehr
Münning, se bringt blot noch dat Wuurt heruter, wat se den ganzen Ǻbend
œwer woll hundert mǻl secht hett, se gnurrt in ehr'n Halfslap „Enthaltung!" un
dreicht sik rümmer up de anner Siet.

Wat ehrn Kierl fählt?

Bi'm Dokter Günther in de Lang' Strat,
De liggt, Se weiten, in Hagenow?
Keem eis ein Fru, schon lütt bäten lat.
Har dit un dat un ehr wier nich so.
„Man fix, trekken Se sich wedder an!
Gahn's gliecks mal tau'n Apteiker Swenn hen.
De bruucht Se por Druppen, so hei kann.
Wenn't nich helpt, kam's wedder. Ik säd, wenn!"
„Is gaud, Herr Dokter, ik heff dor noch'n Frǻch.
Min Korl, mücht'n Dokter nich giern spräken.
Nu hett he ümmer so'n Bukweihdaach.
Mücht woll, sik in sik sülfst verstäken.
Ik wür' giern weiten, wat fählt min Mann?
Un da Se wiß mi naastens frǻgen,
Äten, Drinken schmeckt, dor liggt nich an,
Dor œwer könn wi gor nich klǻgen."

De Dokter hüürt up, wat hett se secht?
Hei ward dorup dat Grienen kriegen,
Sin ierst Diagnos, de is nich slecht,
He ǻhnt wat, will sik œwertügen.
Un ward frǻgen: „Wat ät he denn so?"
„Wie meinen Se dat?" De Ollsch nun fröcht.
„Mǻken wi uns bi, wat gifft na'n Klo?

46

Wat ät ehr Mann, wenn he sin Piep söcht?
Wat daun Se em na'n Upståhn Gaud's an?"
Nu ward de Ollsch lücht' Ogen kriegen:
„Taun Frühstück, Semmeln, Speck, Schwart noch dran,
Dor künn he woll bi Sitten blieben.
Taun Lüttmeddach schlåg'k em, dat's sin Såk,
Denn drei orrer vier Eier in de Pann,
Dortau `n däächten Sluck Bramwin, wer't måch,
Dormit dat Speck ok fien swemmen kann.
Taun Meddach gifft ein Stück Fleesch vom Swin,
Gaut dörchwassen un fett sall dat sin.
Besünners Schwienspot lickmünnt em fien,
Dat ät he ganz alleen, dat's all sin.
Kümmt Kaffetiet ..", hier ünnerbräkt sei
Schmüüsternd de oll Medizinalrat:
„Ik råd, Stück Kauken mit Såhn kricht he."
„Woans weiten Se dat, dat's akrat.

Taun Åmbrot hett he sik Brattüften wählt.
Dortau vom Rotspon por Keraffen."
„Is nauch: Will Se weiten, wat em fählt?
Tweit Noorsloch, ein alleen kann't nich schaffen."

Een Kees mit Måden

Ganz lies güng 't tau in de drübbligen Näwelmanddågen.
Dat wier dull düster un kum een Licht wier uttaumåken,
Ok keen Verköperin stünn dor in Meinkes Kolonialworenlåden,
De luern würd, ob wer kümmt un köfft 'n Koem orrer anner Såken.
Woldegk lech still un diesig dor, as wier de ganze Urt verlåten.
Blot mitunner klappert dat de schummrig Stråten lang.

Dor löpt noch männig een fix in sin höltern Tüffel.
Un dat oll Koppsteenplåster geef dortau 'nen gruglich Klang.
Ganz wiet wech wier noch een taugang mit 'ne Worbschüffel.
In Woldegk wier Rauh, nich mål Kårl Kœm kreicht, de oll Süffel.

„Anning, lop noch fix üm de Eck taun Kopmann Meinke hen.
Ik bün hüt to gornix kåmen, nich mål in den Låden.
Hål uns noch ein ståtschen Kees taun Åbendäten un denn,
Sech ok höflich, du wißt em biddschön hem, ganz åhn Måden.“
Woldegk wier nu schon stickendüster, nu ierst de Låden!
„Nee Mudding, nee, dat is mi dor bi disse Düsternis tau gruglich.
Taun Kopmann Meinke gåh ik nie un nich, ok tags nich giern.“
„Ach Mäken, din Vadding kümmt bald nå Hus un is wiß hungrig.
Nimm Elsen mit, lopt man tau tweit, ik bidd di drum, min lütt Diern.“
Woldegk wier so düster, man süht den'n Månd nich un keen Stiern.
Mudding hett bidd, Anning ward mutig in dat Dunkel gåhn.
Ehr lütt Swester, de höllt se bang' fest mit ehr lütten Hand.
Blot wiet am Stråtenenn wür im Düüstern 'ne Latücht ståhn.
Ehr grugt dat, teiknet dor nich wecker Düwels an de Wand?
Woldegk wier kolt, hüt wier de Wech tau Meinke bannig lang.

De Klock an'n Ingang sleit, se stiegen bi Meinke runner.
„Gaut Åbend“ wiert dor to hüren, as keem't ut 'm dunklen Graff.
Else böst af un let se alleen mit dit grausig Wunner.
Anning stünn dor, grugt sick, 't fählt nich väl, un se haut af.
Woldegk wier utstorb'n. Blot ehr Hart kloppt as 'n Pierd im Zuckeldraw.
„Ol Åp, gaut Dach!“, krächzt dat Diert, wart in sin Eck sick schüddeln.
Anning haucht' lies „'n gaut Åbend ok“ dörch de Kopmannshütt.
„Wist hem, wist hem?“, secht dat. Ehr is, as würd dor een rœteln.
Ehr puckt lut dat Hart. „Een Kees åhn Måden“, rep nu de Lütt.
Woldegk wier dot, du büst alleen up de Ierd Anning Witt.

„Laura, een Kees mit Måden!", ward da dat Undiert ropen.
Anning denkt, wat dit woll ward, hürt ganz dütlich ehr Hart slåhn.
„Laura, man tau, süss kriegt de Kees mit de Måden dat Lopen!"
Anning grugt, schwört sick: Hier warst du nie wedder hen gåhn.
Woldegk wier woll utstorb'n. Dat slöcht mächtig up den Mågen.

Een bäten Licht ward, as von båben Laura keem runner.
„Hest di verfiehrt, min Lütten, künnst dor keen Klauk in finnen?"
Un stråkt ehr nu: „Hest dacht, dat is een grotes Wunner?
Dat wier uns Papagei, de is mål eis ganz von Sinnen!"
Denn packt's wat in. „Hier hest din Kees, un bestimmt åhn Måden."
Ganz licht ward' nun. Woldegk sliekt nich mier up liesing Såhlen.
Dor gifft een Minsch, de kennt den'n Vågel, wüsst, de wier mißråden,
kennt ehr Bang. Ehr Vadding keem, sin Döchting afftauhålen.

Klockenschausterie

Tau Fru Seeger secht Nawersch Sieg –
Dat wier kort na den'n groten Krieg –
Weiten'S, wat nülich passert is?
Dor kåmen's nich up, dat's gewiss.
Man lihrnd nich ut bi sin leif Mann,
Nee, dat man sik so blotstell'n kann.
Ik dacht noch gråd, holl blot din Schnut.
He wart' schon marken: „De is ut!"
Dat heff'k in min Binnelst glieks wüst,
Dat de Kråm up'e Been mi follen müst.
„Nu kåmen'S ierts mal blot tau sich",
Secht de Nawersch, un denn niegelich:
„Wat hemm'S denn mit ehrn Kierl biläwt,
Dat Se hüt noch utsеihn as'n Krääft?"

49

„Uns Klock hett ehr letzt Rauh sik söcht.
Wat måken wi nu, heff'k dor secht.
´n niege gifft't nich in diss Tiet.
Se verståhn säker wat ik lied.
Den'n Wecker bruk'k, dat's dat Mallheur,
Süss kåm'k nich tiedig nauch ut de Dör."

„Och", hett min Hans secht, „dor weit'k Rat.
Dor heff'k doch, wie meist, gliecks wat prat.
Up'n Bœn heff'k noch liggen ´n Klock,
Glieks näben dat oll Ulenlock.
Heff's eis uteinanner nåhmen.
Bün denn œwer von afkåmen.
Wull eis seihn, wie de upbugt sünd.
Stell di vör:
Dat hefft'k mi trugt, weil'k Bastler bün.
De dröchst taun Klockenschauster Frei.
De schruft's tausåmen eins-fix-drei.

Sechst ok: mi güng dat bäten mau.
Heff ok de passig Tiet nich tau.
Ik heff dat mit de Fingerknåken
Hei süll's fix wedder ganz måken."
Bringt von Bœn ´n Kist, mi ward Grugen,
Vull mit Feddern, Zahnrœ' un Schruben.
Un wat sünst sik verbugen let.
Alls schnirkenfett, un ornlich nett.
Tausåmen wiert ... œwer pråhl sacht.
„Dat's de Infall, heff'k Dussel dacht."
Un ik nu los.
„Un wat hett oll Frei dortau secht?"
„Mi anseihn, as wier'k nich ganz recht."

„Leif Fru, måkens mi doch eis schlau.
Ik möt dat eis weiten, ganz nau,
Wecker de Klock in'n Dutt haugt hett,
Mi diss Barch Deil vör de Näs sett?"
„Dat wier min leif Mann", heff'k dor secht.
„Denn sall he ok seihn, un dat tau Recht,
Wenn he mang de Rœ' nå ein Fedder söcht,
Wi he alls wedder in'ne Reich bröcht.
In all de Stücken rümmerrührt
Un denn de Klock ok ticken hürt.

Nähm'S em de Kist mal wedder mit.
Un denn leif Fru,
Ik heff dor noch 'n grote Bidd.
Ehr Mann sall' ein Teiknung måken.
Wie he verbugt de väl Såken.
Bin neechst Mal, denn bring'S de mi mit,
Up Pergament, chic schwart up witt.
He künn all Bås 'n Freud måken.
He is wiss, kann mihr as kåken,
Ein grot Tüftler, kann ut all de
Lütt Muddern, Feddern, pö a pö,
Bannig piekfein Klocken bugen.
Dat's 'n Oort von Sülfstvertrugen."
Un grient un deit, as wier he high.
„Nu frach ik Se, wat meint oll Frei?"

Spåß bi Siet …

Dat wier in de sößt Stunn von de 11 B 1 in de Oberschool von Hagenow. Knilch geef Biologieünnericht. Knilch, so namsten de Schäulers ehren Klassenlerrer, wiel dat he eis bi een von sin sihr ror tau beobachtenen Utrasten tau Hansi Gerste, as de gor kein Enn' bi dat Rümmarachen mit sin Bänknåwer fünnen künn, utropen har: „Nu ist Schluss, Sie Knilch, Du!"

Dornach har he sin Nåmen wech. Gerward Hübschweich, dat wier sin richtigen Nåm, wier an un för sik bi sin Schäulers anerkannt, bi mannig von de Halbwussen ein Lihrer, de woll tau lieden, de œwer bi weck annern ihrer as tau weik verschräben wier, den'n man œwer destotrotz måken ded. Nu also Biologie. Un dortau noch so ein Thema. De Halfwussen langweilten sik. Siegesmund, dat Sportass ut de Klass har sin lang Sprinterbeen wiet von sik streckt un sik lang måkt, so dat de half in den Gang rinnerreikten un Knilch in ein furt stolperte, wiel dat he in sin Begeisterung för dat, wat he seggen wull, ümmer tau den Gang lang löpte un dorbi nich up irgendwie geartete Hinnernisse achtgäben ded. Jedes mal störte he nun œwer de langen Gliedmaßen von Siegesmund, de säd „Pardon", nähm sin Stöckerbein' wedder ünner den Disch. Dat duerte œwer nich lang, dor wiern se wedder ruter, ob taufällig orrer nich taufällig? Ik will mal seggen, ihrer dat tauletzt anmarkte dråp tau. Dat Thema intressierte em nich sünnerlich wie all de annern Schäulers ok. Un dat Spill mit sin lang Been, de Knilch partout nich wohrnähmen künn un ümmer wedder œwer ehr stolperte, sorgte bilütten för Heiterkeit in den'n Klassenrum. Dat Thema nåmste sik: „Der Einfluss von Pilzen auf die Gesundheit des Menschen". Dat hannelte von mannig Oorten von Schimmelpilzen un anner äkelhaftige Sorten, as dat sünd Hautpilze un Nagelpilze un ein por ganz slimme Utwüchse von Fußpilzen, dat allens schmitt Knilch per Projekter an de Wand, so dat dat Helga richtig slecht wür. Oll Knilch indessen, schwelgte förmlich in de unnersten Pilzregionen un ehren Influss up uns Minschen. Un dat allens bi all dat schönste Wäder buten för de Finster von den'n Klassenroom. Dor keek Spåßmåker Korl Behnke na Ingrid roewer. De keek tau em rœwer. Se nickte un se deden dat Spill anfängen, dat se bi ehrn Lihrer schon so oft praktiziert harn. Se müssten em jichtens von de Footpilze afbringen un in lustigere Gestade indringen. Ingrid wier dat schönst Måken in de Klass un geföll ok unsen Knilch woll recht gaut, wenn man ehren Zensurenspägel tau Rat trecken wür. Se wier gladd ne Note höger instuft, as se tau leisten in de Låch wier. Œwer dat blot näbenbi. Dorför künn se eegentlich nicks un wier liekers bi de Jungs in de Klass, œwer ok bi de groten Dierns woll tau lieden un ansünsten för jedein Spaß tau bruken.

Mit dat fründlichste Lachen von so'n jung Wief, dat dat gifft, meld se sik nu. „Ingrid, bitte!" – „Herr Hübschweich, dat gifft doch œwer ünner de Pilze ok ganz manierliche, wecke, de den'n Minschen sihr leif sünd, orrer?" Un Ralph sprüng ehr glieks unterstützend mit de Wür' bi: „Steinpilze hürn doch ok tau de Pilze orrer nich? Ik mein, de sünd twors ein bäten grötter as de Footpilze, œwer min Öllern sünd ümmer reinweg ut das Hüschen, wenn se in dat Holt ein por von de Dinger in ehr Finger bekåmen." Blot Schieter Brink, dat wier so ein von de Lieblinge von den'n Lihrer, de markte sülfstverständlich furts, wurhen de Reis gåhn süll, teichnete sik as Spaßverderber ut: „ Son' Quatsch, äten din Öllern etwa Footpilze, gifft dat de bi juch tau Hus? Herr Hübschweich, œwer dat Penicillin, dat is doch ok ein Produkt von de Pilze?"

Sin Tauversicht wier, dat he den'n Lihrer wierer up dat ierst Thema trüch-führen künn. Dat Rebeit intressierte em bannig, he wull eis Pharmazie orrer Biologie studiern un dat Penicillin, dat gråd ierst sin wolltuende Wirkung för de Minschheit vull entfaltet har, har groten Indruck up em måkt. Dat wier ok so ein Pilzprodukt. In de Tiet, wur sik diss Vertellers afspälte, in de föftiger Johren von dat vörrig Johrhunnert, stünn dit Medikament noch för so manch ein Wunner.

Schieter Brink har dat in Gefäuhl, wur dat mit de Steinpilze hen führen süll. He kannte sin tücksch orrer bäder sin uniernsten Mitschäulers, besünners, wenn se kein Fiduz up den'n Ünnericht hemm dein. Sin Versäuk wier ümsünst. Gägen dat fruliche, raffinierte Lachen ut por blagen, stråhlenden Ogen keem he nich an. Vergäten wiern Foot-, Nagel- un de annern bösoortigen Pilze. Dat Spill wier wunnen. Se keemen up de Waldpilze tau spräken un Lihrer Hübschweich wüsst tau den'n Tietpunkt noch nich, wur dat ennen wür, un güng up de Halfwussen in.

Un dat hagelte nu blot so Frågen.

„Hemm all Pilze den'n glieken Ursprung, sünd se von glieker Herkunft wie uns Steinpilze orrer uns annern Spiespilze?", wull Müter Bohn weiten. Un de Lihrer antert, dat man hüt hen un her œwerlecht, ob man de Pilze mihr tau de Diere orrer tau de Planten tellen sall. Man süht se hüt miehr as Diere as tau de Planten taugehürig an.

„Oh", secht Rike Möller, „denn kœnen wi tau Hus kein Pilz mihr äten, denn wi sünd Vegetarier. Also dörpen wi Pilze ok nich äten, wiel dat se jo mihr Die-re sünd un ok Gefäuhle kennen dein? Orrer möten wi nu, wenn wi de Dinger

53

tau uns nähmen, vörher ‚Pardong‘ tau ehr seggen? Un im Water läben se woll ok nich, so dat man se as Fisch verköpen künn.“ – „Och“, meint dor Korl mit ein süffisanten Hœgen: „Dat könnt ji, dat is wie mit de Fisch, de ät ji doch ok. Dormit hemm de ollen Mönche in de Fastentiet jå schon anno dunnemals ehrn Herrgott anschäten, Se warn entschulligen, Herr Hübschweich, indem se meint hemm, dat Fisch, wiel dat se im Water läben, kein Diert nich sin kœnen. Späterhen hemm se dat up all dat, wat sik in Water uphöllt, utdehnt un sogor Fischotter un mannig Krääften as Delikatessen uptischt, entschullige schon, Schorsch, ik ward din Globen nie nich antasten, œwer dit hier ...“

Schorsch güll in den‘n Krink von mihrheitlich Atheisten in de Klass as Christ, sogor as ein Katholik, de wiss un wohrhaftig glöwt.

„Ik weit Råd. Ji wascht doch de Pilze. Dortau warn se unterdückert un sühst du, sind so Waterdiere worrn un ji künnt se åhn slichtet Geweten verposamentieren, mein ik.“ Dat wier Monikas ehr Infall dortau. Ernst Haverstein, Ernsting nåmst, von woll ihrer trüchhollener Oort, gef tau Bedenken, dat dat woll ok Pilze wiern, de ut Water, Gast un Hoppen Bier måken daun un dat man wägen de Pilze dat Gesöff woll ok den‘n Nam Pils gäben hett.“

Œwer dit Wortspill hœgten sik nu alle. Lihrer Hübschweich wull wedder up de lütten Pilze trüchkåmen, dor keem‘t von Ralph: „Dat mücht ik noch frågen. Sünd ok Giftpilze von glieker Afstammung? Also son‘n Wäsen, de eegentlich son bäten in dat Dierreich intauordnen sin müssten?“

Dat heff‘k åhnt, schütt dat Schieter Brink dörch den‘n Brägen. Dat kricht hier nu kein‘ Schick nich miehr. „Ich denke schon“, antert de Lihrer. Un Ralph gruwelt wierer. „Wie is dat nu bi de Stinkmorchel? Denn möt ja son‘n Phallus impudicus – uns Lateinlihrer, Herr Nowak, hett uns up dissen Pilz ierst nipping måkt un dat de oewersett woll untüchtiger Penis nåmst warrn möt, wat de Lüd‘ sik ower ok för Namens för son unschullig Dings utdenken daun –, also, dann müsst de ok Gefäuhle hemm. Orrer? Wat sünd dat för wecker und sünd de wurmœglich minschenähnlich? Ik mein männlicher Uurt?“ Bi diss Fråch kreech Knilch dat Ståmern un de annern Jungs dat Grienen:

„So genau, um es einmal so auszudrücken, kenn ich mich in der Gefühlswelt der Stinkmorchel nicht aus. Und ob sie nun mehr tierisch oder pflanzlich einzuschätzen ist, das vermag ich auch nicht zu entscheiden.“

De lütt fine Uli Klein föllt dor in‘t Hochdüütsche un wür rot: „Pfui, wie kannst du das auch nur denken! Schäme dich, Ralph! Was vermiest du der Rieke bloß ihr vegetarisches Denken und Tun. Was muss die beim Pilzeverspeisen für Gedanken kriegen?" – „Woso? Äten Müllers etwa utwassen, in de Höcht reikende Stinkmorchels?" Allens lachte. Un Lihrer Hübschweich wull dat hier nu wedder in de Reich kregen, wull mit sin eegentlichet Rebeit wierer måken.

De annern Jungs œwer bölkten nu los und leeten ehr Fantasie frieen Lop. Klaas Bohnesack wier ok so ein von diss Sort mit griesen Gedanken. He meint: „Un tau klåren wier nu ok noch, wi dat bi de Schöpfung west is. Geef dat de ståtschen Stinker vör den Minschen orrer ierst na em?"

Knilch säd: „Pilze gibt es schon seit 20 Millionen Jahren, den Menschen erst, wenn mich mein Gedächtnis nicht täuscht, höchstens seit 500 000 Jahren." – „Süh an, dacht' ik mi schon, also hett de Stinkmorchel Pät orrer Modell ståhn bi dat Måken von den ollen Adam in Paradies." – „Nee, du, dat kann nich angåhn", let sik dor Ingrid vermellen – hä, von wägen, nich nur de jung Kierls kœnen up diss Flöt speelen, de upklort un friegen Mäkens ok schon –, „de Sünnenfall, also as Eva Adamen den'n düweligen Appel geef un em dann dat Mallür orrer dat Wunner passerte, ganz wi't di taupaß kåmen deit, dat keem ierst later. Tauierst lääften se ganz unschullig tausåmen, äben as Adam un Eva, åhn wat an. Un åhn de Maless, up dat du oll Schwien, Ralph, hier anspälen wist. Ik heff eis hürt, dat man dortau woll Leichenfinger seggen deit, tauminnest bi de Stinkmorchels, wenn se von de Fleigen ganz kort un klein fräten worden sünd un dat Neigen kriegen." – „Un du denkst, dat dat de Schöpfer nich vörut seihn hett. Soväl Fantasie möst em schon tautrugen. De stinkige Morchel hett woll in sin Hinnerkopp rümmerspijökt un taun richtigen Tietpunkt keem he denn mit de grote, utufernde Œwerraschung, sin gröttst Wark œwerhaupt, ruter." Dat güng nu Schorsch höllsch gägen den'n Strich. „Dat nåmsen de Karken woll Häresie, wat ji hier driewt, orrer? Wenn ji so wierer måkt, verlåt ik dat Klassentimmer!", meint dunn Schorsch männig gnatterig. „Un wie is dat nu mit de stinkende Flüssigkeit, de so'n Stinkermorchel afsondern sall? Wie is hei up den'n Trichter kåmen?" Ralph let nich locker mit sin Frågen. Nun wiert' so'n Deil. Nu müßt Lihrer Hübschweich wedder den'n Iernst ünner de Schäulers bringen. So kunn't nich wierergåhn. Süss keem he hier noch total in'ne Bredulch. He stellt sik also mit ein iernst Amtsmien vör sin groten Schäulers hen un röpt:

„Meine Damen und Herren, nu ist's genug." Un wierer up Plattdüütsch: „Spåß bi Siet, Iernst kåm her!"

Dor stünn Ernst ganz iernst mit so'n gewissen Utdruk in sin Visåch up un wull na vörn gåhn. Dat hemm de annern seihn un dat Gekuchel füng von vörn an. Dor wier nicks mihr tau måken. Mit Hœgen güng de Stunn' tau Enn'.

Treck di ut

Bin Dokter Günther in sin Praxis
Keem eis ein Jung' un wull wat frågen.
Sin Mudder meint: taun Dokter lop fix,
Sech: di wür ok kein Weihdaach plågen.
Dat wat du wisst, dat duert nich lang.
Un heff vör den'n Dokter blot kein Bang'.

De Vörrum wier mihr as proppenvull.
De Dokter kümmert sik üm fief Mann.
Uns Jung is verwirrt un kiekt as dull,
Kiekt sik de annern Patschenten an.
Dor sitt 'ne Olsch, vertehrt un åhn Maut.
Ein Kierl dreicht mit bannig Bang' sin Haut.

De Rat kümmt. „Herr Dokter …", röpt de Jung.
„Treck di ut!" Dat wier sin ganz Antwuurt.
Na is gaut, wenn dat is sin Meinung.
Treckst di ut, so lang dat äben duert.
Dorbi kiekt hei üm sik so rümmer,
De Kierl åhn Büxen, un noch slimmer,

De Olsch sitt blot in Unnerhemd so dor.
Un hett bannig mit ehr Bost tau daun.
Uttrecken? Nur dat Hemd, dat's mal klor.
Em friert so all as ein nackig Hauhn.
Sin Kopp is blot nah de Dör gewennt,
Falls eis dor de Dokter ruter rönnt.

De Dör geiht up. „Herr Medizinal …",
Röpt uns Stromer un spitzt de Schnut.

De geiht fix vörbi; as kannst mi mål,
Åhn tau kieken röpt' hei: „Treck di ut."
Dat nu nich, hei sitt man blot in Büxen.
Dat gråd nich, dor künn jå süss wat blitzen.

Nåh'n lang' Tiet spräkt em de Dokter an:
„Un wat fällt di? Wat hest' för Sorgen?"
„Ob se Se wedder Tüfften bring'n kann?
Lett min Mudder frågen hüt Morgen."
„Un mit diss Såk kümmst du nu ierst rut?
Dat tau seggen fählt di woll de Maut?
Un worüm treckst du di dor tau ut?
Dat sall's, as vörrig Johr, de wier'n gaut."

Fründ Rudi, de kleptomanische Perfesser

Kennenliernt hett he Rudi kort nå de Wenn'. Rudi har 'n Nåricht in 'n grot
Sünndachblatt verfåt, in een, de dåmals un woll ok noch hütigendachs bunnes-
wiet tau hemm' is. Mit sin Fru un mit dat em egen Gemaüt söchte he Eh'lüd in
de niegen Bunneslänner, mithen ut de dunnemålige DDR, de he sin schmucket
Suerland wiesen künn. Dat süll sin Deil an de Freud œwer de Gegäbenheit
sin, dat dor wat gescheihn wier, wat man dortaumals as ganz wat Besünneres
anseihn ded, wat man as Wahnsinn beteiknet hett. Nu, dörtig Johr later, is man
woll miehr dat Meinen, will mål seggen, dat'n bäten wat dröch antauseihn. Wat
historisch Einmåliget wier dat œwer schon, wat sik dor so in Fräden afspält hett.
Wat sik œwer manch Lüd' woll vörstellt harrn, besünners de ut den'n Osten, dat
wier so nich kåmen. Un dat künn so ok nich kåmen.

„Jetzt wächst zusammen, was zusammen gehört", har Willi Brandt, de Olt-
bunneskanzler, utropen. Dit hier süll Rudis Bidrag tau dat Ganze warden. Nu
sall tausåmen wassen, wat tausåmen hürt. Dat wier Rudis Motto. Man möt wei-
ten, Rudi wier een Perfesser un em güng dat in sin Profeschon, sin Deinst an'n
Hochschool, recht kommod. Dortau sin christliche Läbensoort, all dat hett em
ingäben, doch ok wat för de niegen Bunnesbörger tau daun. Dorüm sin Inserat.

De Snack von den'n SPD-Brandt säd em tau, ok wenn man em süss ihrer tau de Swarten tauräken müst.

Jochen har dat Grienen krägen, as hei diss Bekanntmåken per Taufall in de Fingers kräg, un bi sik dacht: „Na, Herr Perfesser, wenn dat man gaut geiht. So'n Inlåden för all de, de in de DDR nich mit Westverwandtschaft sägnet west wiern." Denn fröch he sin Fru: „Du, Mary Lou, wat meinst', sall ik em up sin Anbeiden antern?" –„Måk dat!", hett dunn mit'n lütt Hœgen sin Fru secht.

Œwer de välen Tauschriften tau vertellen, de he up sin Bekanntmåken hen tau seihn kreech, dat wier 'n Läuschen för sik alleen. Œwer vull Indruk œwer de Gedankenwelt von Minschen tauhop un besünners ut de ihrgistrige DDR wier dat schon, wat he dor tau läsen bekåm.

Un nu wiern dat schon œwer fiefuntwintig Jåhr her, dat de Fomilien mit'nanner Fründschaft hollen deden, ehr Daun tausåmen harn un sik binåh dschedet Jåhr tau seihn krägen. Eis fünn so een Dråpen ja ok in de Wihnachtstid statt. Een lütt Vertellers gifft dat von dit Wedderseihn mit Rudi tau vertellen, de utwiesen sall, üm wat för 'n besünneren Minschen sik dat bi den Perfesser hanneln deit.

In dat Suerland harrn sik de Buern up 'n Marktlück stött, de uns Tiet so mit sik bröcht hett. De Minsch hett jå den'n Hang, un woll vörut de Düütsche, den'n man jå 'n besünners utprägten Drang nå Ordnung nåsecht, ümmer nå Vullendung tau streben. Un dor, wur dat nich geiht, ward he schon eis Hand anleggen un nå sin Mo' de Natur so'n bäten nåhelpen. Denn eenfach so'n Wih-nachtsbom tau nähmen, wie em dat düütsche Holt mihr orren wennig krümming anböt, dat kümmt nu mal nich in Fråch. Gråd wussen möt he sin orrer mindigstens von de Oort, dat man mit'n ollig Gårdenscheer dor son richtschen Schick in schnieden kann. Un dorüm gifft dat in dat Suerland œwerall Anplant-ungen mit Nordmanndannen orrer ok mal eis Blaagfichten. De warrn tücht, hemm dat nödige Afståhn voneinanner un kœnen gaut ranwassen. Un wenn se mihrere Jåhr dor ståhn, warden se vörsichtig afschlägen un kåmen as piel un akkerat wussen Wihnachtsböm up den'n Markt.

Wie schon secht worden is, Rudi wier 'n Perfesser, dat heit, he wier sülfstver-stännig 'n Beamter. Un dorüm is dorvon uttaugåhn, dat he, wie all disse Kierls, stets up den'n Stiech von de Dööchde wandeln ded. Wiss, dat gifft Utrieter – de gifft dat ümmer –, œwer so, as sik dat gehürt, is dat so orrer sall dat so sin. Rudi wier een von de Gauden. Man blot, ümmer so akkeråt dörch de Welt tau stäweln, dat måkt up de Duer kein ollig Spåß nich, dat's langwielig, dat is, as ümmer up een Display tau starrn, wobi diss Vergliek so'n bäten taun Låhmen neigt, tauminnest in Anbetracht von de jungen Lüd'. De kœnen gor nich nauch von son'n lütt Bildschirm kriegen. Œwer in Rudi wäuhlte so een Gefäuhl, dat ruter wull, so een Drang, den'n he någåhn müsst, de sin Frieheit hemm wull.

He künn sihr taufräden sin mit sin Läben. De Öllersvörsorg wier sicher. Sin BMW stünn putzt un wiienert in de Garasch. He tirilierte in Kirchenchor. Hus un Goorden wiern bestellt und sin grot Kinner wiern up den'n Wech, in ehr Läben un de Gesellschaft ehrn Mann* tau ståhn. Hütingendåchs möt man jå 'n Stirn hinner dat Wuurt „Mann" setten, wobi man taun Utdruck bringen, also verkloren will, dat dat ok für Frugens güllt. Wägen de Gliekberechtigung, Se verståhn?

He künn egetlich taufräden sin, wenn dor nich diss Drang wier, de em den'n Åden nåhm, em de passig Lust am Läben dörch de Lappens gåhn let.

Allens, wat he brukte, künn he sik leisten, denn he brukte nich väl und künn mit vullen Hänn' de Armen gäben, up dat de ok froh warden sülln in ehr Jammerlos. Œwer dor wier diss Drift, dit Dremmeln, wat em trurig måkte, dat ruter wull, den'n he någäben müsst. Einmål wat åhn Inverständnis von de ganze Muschpoke, wat gadlich Böses daun, dat Nervenketteln von de Kriminellen spören … Doch hüren'S tau, wie dat wierer aflopen ded.

Bi'm Spazifizieren im Sommer wier Jochen un sin Fru all ümmer upfollen, dat Rudi giern bi een von de œwerall un œwerriеklich antaudråpenden Paradeböm tau ståhn keem. Dat is klor üm wat för Böm sik dat hanneln deit? De Räd is von de Nordmanndannen. Dat wier an den'n Rand von son'n jung Holt. Sin Ogen lüchteten dunn un œwer sin Gesicht güng wat Vergnäugtet. Son' gådlichen Klauk künn's nich in dat Treiben von Rudi finnen. Un wat sin Fru Carola wier, de schmüüsterte vör sik hen.

Wenn he alleen mit sin Attila ünnerwägens wier un een Momang an gråd diss Eck verweilte, künn dat schon eis sin, dat den'n Hund dat tauväl wür – un dat will bi 'nem stoischen Boxer schon wat heiten –, he sin Herrn ankiekte un an son'n lütt Prachtstück von Bom strullte.

„Dat bidde nich! Wiste woll!", säd dunn Rudi, let em œwer utpullern. Rudi har alltiet Verständnis för de Kreatur. Wenn se strullen möten, möten se, dann möt man ehr låten. Dor sall de Minsch nich ingriepen. Dor hett he keen Recht nich tau.

Har Rudi 'n lütten Splien? Dat sall bi Lüd' von sin Profeschon jå vorkåmen. Man blot, bi Rudi wier uns dat noch nie nich upfollen. Un sin Fru schmüüsterte ümmertau vör sik hen.

So twischen Näwelmand un Christmand wier dat. So akråt wüst dat Jochen ok nich mihr tau seggen. Dunn wiern se wedder eis tau Besök in dat Suerland. An ein gauden Dåch säd dor Rudi tau Jochen: „Kümmst du mit?" – „Wurhen?" – „'n Wihnachtsbom hålen." – „Du meinst, een köpen?" – „Gåh mi los mit Köpen. Wi hålen uns een ut de Schonung, wo wi im Heumand ümmer ne lütt Wiel ståhn un in de Barg kiekt hemm."

Jochen rallögte em scheef von'ne Siet an. „Dat's nich din Iernst, Rudi. Orrer is dat son'ne Sülfstfällakschon?" – „Is dat nich!" Carola schmüüsterte sphinxtisch vör sik hen un har een unergründlichen Utdruk in ehr Visåsch.

Jochen sin Fru wier mit eis hellwak. „Hür'k ornlich? Gråd du wist een Wihnachtsbom musen, wist een von de ståtschen Dinger mitgåhn låten?" Ehre Ogen säukten de von Carola. De kiekte, as güng ehr dat Gedüse ok nich de Bohne an. Nur 'n sünnerbor Tucken spälte um ehr Mul. „Komm'ste nu mit orrer wat is? Kannst di ok son Bom mit up de Reis nähmen." Rudi dremmelte. Un denn güng de Perfesser mit em dörch un he füng an tau prädigen. Frie wier de Bom wussen und dat wier ne Unverschåmtigkeit, den'n aftauslagen un för so väl Geld tau verköpen. Dat wier soszusagen 'n groten Schwienskråm. De Frieheit wier gråd een gor nich hoch nauch eintauschätzende Schatz in de ollen Bunneslänner, sallen Carola un Mary Lou man weiten. Dat wier hier ganz anners as bi juch in den'n ihrgistrigen Staat der Arbeider un Buern. Dat müßten de beiden ganz fix liernen. Doch dat all harrn uns beid Ossis all längst intus. Se haren all lang mårkt, dat diss Oort von Frieheit von jedein Einzelnen höger as dat Gemeinwoll antausetten is.

Un noch eis Rudi: Dit Stück frie Natur aftauholten un för väl Zaster tau verhökern. Wo gifft dat denn sowat? Œwer dat wier denn tauväl von de individuellen Frieheit von den'n Buern. Reinewech gor nicks wür de Bom em letzt Enn' kosten. De wür von ganz alleen wassen. Un mit disse unlogischen Wüürt güng dat wierer, bät hei någråd forsch taun Enn' keem: „Wat is nu, gåhn wi?", säd he un langte nå de Såch. Jochen güng mit. He har twors 'n bäten Schiss in'ne Büchs, œwer dat wier em klår, dat he hier jå blot ut Intress mitlopen ded un sicher nich een von de Böm mit na Hus nähmen wür. „Gaut, geihst mit", wiern sin Gedanken, „süss warst du as een verbögener Ossi anseihn." Carola hœgte sik einen, as de beiden nu afhauten.

„Du, Rudi, kiek eis dor! Dorhinnen, steiht dor nich een? Is dat nich de Buer, den'n de Plantage hier hürt? De rallögt so markwürdig hier röwer!" Doch Rudi wier bim Sågen. „Ik seih kein-ein." Man blot, so akkerat hinkicken, dat wier nu nich Rudis Oort, dat ded he nich. He fiedelte wierer an den'n Bom rümmer und har een Wihnachtslied up de Lippen. Mit dat gaut vertüdderte Nordmanntannchen måkten se sik nu up den'n Wech nå Hus. Jochen har noch ümmer so'n ungaudes Gefäuhl in sin Binnelsten. He hålte ornlich Luft, as se åhn Maless in Rudis Hüsung rinner wiern.

Dor har nich nur Carola wedder ehr afsünnerliche Visåsch anlecht. Nee, nu schmüüsterte ok sin Mary Lou för sik hen. Jochen kiekte, kiekte noch eis, wunnerte sik – he kannte sin Fru nipp – un een Frach leech in sin Gesichtsutdruk. Lang let Mary Lou em nich täuben. Dunn verklorte em sin bätere Eh'hälft:

„Ik heff mit sin Fru räd. Dat's jedet Johr dat gliek Gedau mit em üm de Wihnachtstiet. Dat geiht nu schon por Johr lang so. All af Januor un denn wierer all Månds freugt he sik up den'n neechst Bom, den'n he mitgåhn låten ward. He kichert sik dorbi ornlich 'n Knuddel in Lief, wenn he blot doran denken deit." – „Räd wierer!" – „Denn kümmt dat Klauen." – „Un?" – „Nå dat Wihnachtsfest geiht he denn ümmer tau den'n Buern, üm den'n Bom mit een ståtschen Drinkgeld tau betåhlen." – „Tau den'n Kierl, de sik de ganze Klaueri mit ankäken hett?" – „Jå." – „Un wur licht dor de Jokus bi?" – „He billt sik bi jedein Musen in, is œwertücht dorvon, dat he œwer im neechst Johr den'n Wihnachtsbom œwer nu wiß un wohrhaftig nich betåhlen ward."

Den'n Stauhl krichst du nich!

Bi Medizinalrat Heinrich Günther in Hagenow,
Heiner Slachter ward he in de ganz Umgägend raupen,
Keem eis son ollen Buer mit sin Fru ut Schwaberow,
Spört dit un dat un künn ok nich mihr so ornlich lopen.
„Trek di ut", secht nu de Dokter, „nu vertell, wo fählt di dat?"
„Dat trekt hier un dor un dat Äten schmeckt mi gor nich mihr."
De Dokter kickt em an, horcht sin Bost aff, schriwt in sin Blatt.
„Ik kann nicks finnen, mœglicherwies licht'd an'n välen Bier.
Ik schriew di hier eis ne Medizin up, por Druppen,
Nich vergäten, de nimmst'd tiedig un åbends, dat's min Bidd.
Un mark di, de nimmst du in, ümmertau vör dat Supen,
Un denn, kåm man neechst Woch wedder un bring mi din Stauhl mit."

„Du Mudder", secht nu oll Korl Brass vör de Dör up de Stråt,
„Dat's mi son sünnerbor Såk. De Dokter is bannig klauk.
He kikt min Stauhl an un, hest nich seihn, hett nun glieks parat
Wat mi fåhlt, stellt de Diagnos, åhn tau kieken in sin Bauk.
Ik sall min, hest dat schon eis hürt, Stauhl mitbringen, hett he secht."
„Oh dat is wunnerlich", meint de Ollsch un kricht dat Œwerleggen.
„Kik an mit'n Stauhl? Na, denn låd em mål up, mi is dat recht.
Man blot, wecker von uns Stäuhl is din, kannst' mi dat seggen?"

Korl œwerleggt: „He meint man so, bring mit din Stauhl!
Wat förn Stauhl un wie de utseihn sall, säd he nich.
Dat is em egål. Würd ik em bring ein von Nawer Paul
Sin niege Stauhls, dor vertreckt he säker kum dat Gesicht.
Wat Anstännigst sall dat schon sin, båten wat fiens taun Sitten.
Wenn he sik in den'n Stauhl sett, mein ik. Süss is dat woll einerlei,
Ob'n Stauhl von Disch, Melkstauhl orrer Kökenstauhl, sitt he bin Witten
Is dat åhn Ünnerscheid. Ik glöf, ik nähm mit tau Utwåhl twei.
Da föllt mi in. Dor is doch de oll Lähnstauhl von uns Größing.
De ist kommod un ward'n Dokter säker taupaß kåmen.
Dat mi dat ierst nu inföllt, dat is wedder mål ein Ding.
Denn ward'k mitnähm, dat's so säker as in'n Kark dat Amen."

Nu ward de Ollsch dat Sluken kriegen un so füünsch kieken
Un seggen: „Mark di, dat is wie'n Urdeil bit Jüngst Gericht,
Du kannst di mit süsswat in'n Hinnerst von'n Dokter slieken,
Blot, den'n kostbor Stauhl von min lew Mudding, den'n krichts du nich!"

De narsch Karpen

Verdächtig utseihn hett he gliecks. As Uwe em so ankieken ded, schien em dat, as wür he em plitsch mit sin trüf Ogen anplinkern. Œwer uns Uwe har dor nich väl up gäben un hett dat Sünnerbore von den'n Fisch eenfach son bäten ut sin Binnelstes sträken. Doch wat Figilåntet har he an sik, wurbi för Uwe dat blot so ein Gefäuhl för den'n Momang wier. So wie ein bäten Unangenähms, dat ein nich so passig in Wür' uttaudrücken in de Lag' is.

Nee sowat tücksch von den'n Kierl von Karpen denn œwer ok. Wurbi ik gor nich nipp weit, up man nich hüt akråterwies ok de wiefliche Schriefoort verwennen möt, also Karpin orrer Karpen. So is't woll ornlich, orrer?

De Uckermark schient kein-ein Arbeitslosenmaless tau kennen, tauminnest nich in Boitzenburg. Dat willn Se mi nich glöwen? Denn hürrn'S gaut tau, wat Uwe Lewersohn dor vör noch nich lang Tiet passert is.

In Boitzenburg – dat ward mit ein „t" schräben un dormit liggt dat in de Uckermark un nich an de Elw, üm dat dütlich tau måken – wier an' Sünnabend Markdach. Uwe wier mit sin Ilse tau dat Event, wie man hüt tau so'n Begäfnis tau seggen plägt, mit de Benzinkutsch henführt. Dat wier wi Anno dåtaumål ümmer so 'n Dach, wur de Buern ut de Ümgäbung ehr Tüüchs anbeiden deden, frisch ut'n Stall, von'n Acker un ut'n Goorden – bäten nå Mess möt dat rüken, süss is dat nich öko –, œwer Event hürt sik bäder an un is woll ok niemodscher. An de Bäk in dat Tal von den'n Uurt har sik ein Fisch-GmbH etabliert un beid frischen Fisch an. Bet Klock vier an Nahmiddag sall he åpen hemm. So stünn dat tauminnest an dat Dur von de GmbH. „Weits wat?", säd Uwe tau sin Fru. „Ik heff so ein ornlich Jieper up Karpen. Wi måken ne lütt Wannerung, kåmen rechttiedig vör den'n Schluss wedder vorbi un köpen uns so'n Diert. Måk'st mi de Freud' un brussels em so ornlich bleu?" – „Den'n sast hemm! Räd nich so väl, kumm! Wi gåhn los!" So sin Fru!

Denn sünd's noch 'n bäten dörch dat Holt 'n Wannerwech lang spazifiziert, de tau de schönsten in ganz Düütschland hüren sall. De „Lütt Boitzenburger" ward he nåmst.

Dat wier nu in de Johrestiet, wur dat Lauw all von de Böm afgåhn wier un dat bannig gries in de Natur utseihn ded. Dor let sik dat swor inschätzen, ob dat andem is. Also nähmen wi eis an, dat dat so is. Villicht in Sommer? Still wiert un einsäm. Nich ein Minschenwäsen keem ehr entgägen, keinein güng mit de beiden den'n gliek Wech.

As se von de Tour trüüchkeemen, wier dat schon kort, also ne Viddelstunn vör vier. „Dat geiht gråd noch", secht Ilse. Wenn se vom Schlott her ankåmen wiern, wier schon Schluß west. De Ingangsdör wir all tausloten worden. Se kåmen œwer von de Stadtsiet, dor wier de Fischerie mit ehr Dieken noch åpen. De Dör im Tun löd' in. Wecker nich inlåden däd, wier de Fischverköper. Ilse un Uwe liekers rinner in den'n Fischlåden. Nu wiern se beid all 'n Barch vull gewennt, wenn dat üm Fischer orrer Verköper von diss Glitscherdiert güng. Hier ward ganz mit Afsicht up Fischer henwiest. Fischerinnen orrer Verköperinnen sind dor bäten anners. Sünd woll ok 'n besünnere Uurt von Verköperinnen. Œwer nich tau verglieken mit de Mannslüd. Fischer sünd ofteis so ornlich stoffelige Kierls, bäten egensinnig un sik ehr hehre Stellung dörchut bewusst. Bäten groff möten se woll sin. Dat hürt tau ein Fischkoop mit tau. Sitten Se mål den'n leifen lang'n Dach alleen in so'n oll Kåhn, dor kåmen mannig Grappen up, nich ümmer de besten, de se ok eis ruterlåten möten. Un nich ümsünst namst man de Norddüütschen Fischköpp. Jichtenswur möt dat jå herkåmen. Nu will'k nich blot de Fischer för de karge Uurt von de Nuurdüütschen nennen, se sotauseggen för wat inståhn laten, wat woll för väle gellt. Dat wiß nich. Œwer wenn ein 'n echten Minschen ut den'n Nuurden kennenliern will, möt he woll mit ein Fischer anfangen. Un wenn de noch Aal tau verköpen hett … Na, gåhn'S mi los. Denn is dat ganz slimm.

„Fisch?", multe he, „jå, Rökerfisch, Forelle un wat Se hier noch so seihn." – „Wi dachten ihrer an Frischfisch", wågte Ilse tau seggen. „Upstunns noch?" Bedrippst, DDR-gewennt, keem de Antert: „Wenn dat jichtens mœglich wier?" An diss Uurt wier man noch in Tieden von de deipste DDR ståhn bläben. Ilse un Uwe wullen, he nich, he wier jå blot 'n GmbH-Angestellter. He wull Fierråbend. Wat intressierte em de Verdeinst von de GmbH. „Jå, obschoonst … Hemm Se mål up de Klock käken?" Koppschüddeln. „Nå is gaud, œwer blot Karpen!" Muulsch, unfründlich, miehr as wedderböstig hålte he sin Fischtüüchs, sin Nett, güng mit de beiden tau de Fischdiecken, de mit ein dünnig Iesschicht taudeckt wiern. Af un an gluckerte dat un bäten Wåter keem dor hervorschoten. Dor warden se dat ierst gewohr un krägen ein Åhnen dorvon, in wat för 'n Bräuh de välen Diere swemmen dein. „Müchst du in de Supp Karpen sin?", fröchte lies Ilse. „Ik mücht œwerhaupt kein Karpen sin", anterte Uwe. Ut diss brunen Gauswien angelte de Fischkierl 'n 1,6-kg-Karpen ruter, wies em ehr, murrte: „Reikt de?" – „Sech nu nich, dat du em 200 g sworer müchst. Ik wohrschug di!", tuschelte Uwe ehr int Uhr. Nådem se bedrippst nickköppt haren, let he em in ein von Uwe fasttauhollende Tüt plumpsen un stäbelte dorvon. Uwe mit dat Zappeldiert hinnerher. Dann keem de Slachtbänk, he dunnerte den'n natt Kierl 'n por Schläch up dessen Dœz un wull em de beiden œwerreiken. „Künnen Se em nich …?", erdriestete sik Ilse tau seggen. „Ok noch, wat? Dat ward œwer dürer! Hier hollen Se eis de Tüt up!" Uwe höll. De Fischminsch ritt den Halwbetäubten dat Binnelste ruter, let em in de bläudig Plasttüt glieden, sechte: „Nähmen'S sik noch ein!", wull nu dat Geld innähmen, multe: „13 Euro!" Ilse geef em föfteihn.

„Egentlich …", meinte se låter – œwer dor wiern's all up den Wech tau ehrn Wågen. „Ik mein man", sechte Uwe, „ so'n burn Wessi wier nie nich up de dusslige Ingäbung kåmen, för disse sœchmäßige Bedeinung ok noch Drinkgeld tau gäben. Œwer, wi kœnen jå nich anners. Lihrt is lihrt! Dat warst' so fix nich wedder los."

Dat ierste mal måkte sich dat Diert up den'n Aftritt för Kierls selbstännig. Uwe har em wägen sin annerweitig bunnenen Händ', sin nich tau Verfügung ståhenden Fingers, näben sik up den'n Fautbodden lecht un füng an, sin mihr as nödig Daun tau vullbringen. Dor ruschelte dat näben em. Uwe kiekte nå unnen un kreech tau seihn, wie sik de Tüt mit den'n Karpen davonsliekn wull. Åhn all Innereien wull dat oll Diert afhaugen. Dorbi künn man doch annähmen, dat dat Wäsen as klinisch dot tau gellen har, œwer … Na, taugegäben, sin Brägen har dat Biest noch.

Villicht wier dat doch 'ne Karpin, de sik up dat Herrenklo nich so ornlich woll fäuhlte. Kann ein dat weiten?

Dat tweit mal wull he afhaugen, also Ilsen utbüxen, as se em tau Hus mit Uwe tausåmen up 'n Tass stülpt har un em mit all ehr vier Hänn' vörsichtig up de Bradpann leggten. Dat güng gråd noch so, obschonst, so'n bäten figilånt wier ehr dat dor ok schon. Diss stierigen tücksch Ogen. Se kregen dat Diert ok ornlich in de Midd up de Tass in de Pann mit ein Ätiksud, de em so passig inbläuen süll, tau lingen. Hier künn he de Farw wesseln, dachte sik Ilse. Doch dor, nå ein lütt Ogenblick, kreech dat Biest 'n Rappel un füng an rumtautowen, ward mit den'n Schwanz wackeln un mit por dulle Stöt de Ätikstipp in de Kœk verspritzen. Ilse un Uwe wiern gråd so taufräden, dat se den'n Fisch sin Platz so schön in de Pann middig anwiest harn. Un nu dat. Œwer dann keem dat Ungetüm wedder tau Rauh un stierte de beiden an. „Sech eis, is de würcklich musedot?", frøcht dor Ilse un hangelte so'n bäten verquer in de Stipp up den'n Footbodden rümmer. Un Uwe anterte: „Künnst du woll åhn Hart, Läwer un den'n œwrigen

65

Schiet in di läben?“ – „Nå, ik weit jå nich, wat den'n dörch sin Brägen geiht. Ganz geheuer is mi de nich. Will wi nich 'n Wiel luern?“

De Karpen kiekte se mit doden Ogen schienhillig an. Still, as künn he ok nich dat lütts Wåter trüf måken, thronte he up sin Tass un dat schien, as wür he up de Dinger luern, de dor nå dat Upwischen von den'n Kœkenbodden noch up em taukåmen dein.

Ilse schöf em nu in den'n Backåben un knipste de Umluft mit 1300 C an. Dunn is 'n lütt Wiel vergåhn, doch denn schien dat Biest de Hitt tau spören. He füng an, sik fürchterlich tau rögen, so, as wull he mit sin åpen Buk von de Tass utbüxen. He kräch dat schon andüd Wöltern mit den'n Stiert, œwer dat noch in verstärkter Oort un Wies, de Stipp spritzte nå allen Siden an den'n Rand von den'n Åben un he hopste doch wiss un wohrhaftig von de Tass un lechte sik zappelnd up de Siet. Dor luerte he nu un glubschte ehr an.

„Hest dat seihn, du oll Åp. Du büst mi de richtig Künnige. Un du sechst, de ist dot. Du hest gråd Åhnung, wi dat in so'n Diert utseihn deit.“ – „Åhn Hart, Lunge un Läwer …“, grummelte Lewersohn. Denn holl he sin Mul. Ilse müst dat Vörhemm' afbräken, hålte den'n Fisch wedder ruter un füng mit dat Reinmåken von de Rühr an. 'n schönen Schwienskråm har dat woll noch nich hirndote Diert anricht. Se luerten noch ne Wiel. He kiekte se an. Se kiekten em an. Af un an zidderte he noch 'n wennig, œwer dunn wier he woll henœwer. Wedder keem he in den'n Åben. Beid harrn Bang'. Doch dat wier ümsünst. He let sik backen un ornlich blåch måken un däd de beiden nå diss Mallür ornlich lickmünnen.

„Dat möt ik gliecks de Krögersche vertellen. Dat glöwt se mi dodensicher nich!“ –

„Nu låt dat mit dat säkere Dotgåhn un ät em ierst eis up, sünst hüppt he di wurmœglich noch von Teller“, mulkaugte Uwe, wurbi he mit grotem Vergnäugen spieste, för sik hen.

De verschwunnenen Moccabohnen

Ein wunnerbors Erinnern œwerkümmt mi, wenn ik an de Dågen ut min Kinnertiet in de ihrgistrigen Vörwihnachtstieden trüchdenken dau, wenn min Tanten und min Mudding in de Koek taugangn wiern un backten. Tanten Lisbeth un min Mudder plägten dunn, väle Wihnachts- un woll ok Adventsleeder taun

Besten tau gäben. Egentlich sangen se blot för sik, woll ok Leeder, de se eis tausåmen mit ehr Mudder in ehr Kinnertiet tau Hus in Woldegk sungen harn. Dor russelte lies de Schnei, Lichter lüchteten an den'n Wihnachtsbom, de oll Knecht Rupprecht marachte sik mit den'n grot Schläden vuller Geschenke in dat Holt af, frohe Wihnacht œwerall un Fräden süll in all de Hüsers intrecken un all de annern Leeder, de in düütschen Lannen üm disse Tiet sungen warn. Dat wier kort nå den'n letzten groten Krieg. Dor wier dat för all de, de dat Starben mit anseihn mößten, ein Herzenssåk. Dat Singen güng nich åhn por Trånen af. Man erinnerte sik noch an all dat Leed, dat œwer de Lüd' un ok œwer uns Fomili kåmen wier. Tanten Lisbeth un uns Mudding måkte dat ok nich de Bohn ut, dat dat jå ierst Advent wier un se blot Leeder tau akråd diss Afschnitt von dat Johr tau singen harrn. Doch dor wier dat grot Fest in ein por Dåch' un in diss Schummertiet würden äben de Leeder tau Gehür bröcht, de se schon ümmer sungen harrn. Ik glöw œwer, dat wier ok tau de dåmalige Tiet noch kein so'n Dogma nich von de Evangelen west wie hüt. Wi de Katholen dat bedriewen daun, hüt orrer anno dunnemåls, weit ik egentlich gor nich so nipp, œwer ik mein, Advent is dor woll ok Advent un Wihnachten Wihnachten. Min Mudding har 'n bannig vullen Sopran und min Tanten ein sihr weiken kloren Alt und ein von de beiden, ik heff vergäten, wecker dat west is, künn akråt in de tweit Stimm juwelieren. LPs orrer CDs geef dat tau de Tiet nich un man müst sülfst singen, wenn ein dornå wier.

In de Kœk wieldes harn wi Kinner un min Vadding nicks tau säuken. De wier quasi 'n „terra incognita" un 'n verbodene Zone, vull von Geheemen un dat wier ein Rüken, ein Rüken, de mi hüt noch in de Näs licht. Von wägen eis son'n bäten Licken, dat geef dat nich. Tauminnest solang, as dat duert, dat Tanten Lisbeth dat Kœkenseggen harr. Wenn se sik œwer taun Middagsslåp tröchtrecken ded, lockte uns Mudding uns lies in dat Hilligtum un wi dörften schon eis de Finger in all dat Kostbare stäken, dat dor im Warden wier. Mudder is äben Mudder un uns Tanten har kein Kinner nich un wüsst dorum ok nich, wie schön dat för de Lütten is, wenn se son'n bäten licken kœnen.

Min lütt Swester un ik legen derwiel in de Stuf up dat Sofa un rallögten dor rümmer. Jedein har ein Bauk in de Hand un wier in sin egen Welt afdükert. Uns Vadding kläbte Fomilienbiller in ein Fotobauk un wier ok ganz in sin Daun ünnergåhn.

Af un an güng de Dör up. Dor wur fix wat hålt orrer rinnerbröcht un se denn furts wedder tau måkt. Kum åpen, wier de Dör all wedder tau.

Dunn keem Tanten Lisbeth noch eis rinner un stellte wat up den'n Disch un måkte fix, dat se blot ruter keem. Se har dat ielig. Denn beid Frugens wiern dorbi, dat Gröttste von de Bakerie œwerhaupt – dat wier tauminnest ehr Meinen – tau vullenden. Se harn de Bodderkremetort in de Måk, de – ut wekker Tradischon ok ümmer – tau de Festdachsstort von de Fomili ranwassen wier.

Min lütt Swester stünn up, kiekte up den'n Disch un dacht so bi sik: „Ach, lütt Schoklor hett uns uns Tanten Lisbeth henlecht." Se nähm sik ein Stück, sett sik wedder hen un les wierer. Uns Vadder güng in dat Bad. So im Vörbigåhn verschwünn so ein Happen in sin Mund. Dacht hett he sik woll gor nicks dorbi. Nilich worn, kiekte ok ik up den'n Disch un naschte äbenfalls von dat dor Liggende. Min Vadder keem ut dat Bad tröch un stäkte sik wedder son'n Stück twischen de Lippen. So güng dat ne ganze Wiel twischen uns Dreien hen un her. Dat Inwennige von de Schachtel güng bi lütten so tämlich tau Enn'. Väl wier dor nich mihr in.

In diss Tiet haren de Frugens in de Backstuf drei Eier mit drei bet vier Ätlöpel Warer, 150 Gramm Zucker, nem lütt Paket Vanillezucker, 100 Gramm Weitenmähl, 100 Gramm Dr. Oetker's „Gustin" un 'nem half Päckchen Dr. Oetker's „Backin" tau nem Biskuitdeich tausåmenrührt, den'n Bodden von ein Springform infet, mit nem Pergamentpopirgrund utlecht un den'n Deich in de Form gäben. Dat Allens süll 35 bet 45 Minutens bi Middelhitz in de Röhr backen. Mudder wier intwischen bi un måkte sik mit de Boddercrem tau schaffen. In nem half Liter Melk rögte se 100 Gramm Zucker, 'n Päckchen Dr. Oetker's Puddingspulver mit Vanille- orrer Mandelsmack, 50 Gramm Kokosfett, 175 bet 200 Gramm Bodder un geef por Druppen Rum orrer Arak-Aroma hentau. Dorbi rührte se tauierst dat Puddingpulver mir söß Ätlöpeln Melk an, de œwrige Melk bröchte se mit den'n Zucker taun Kåken, geef denn dat angerührt Puddingpulver dortau un let dat allens 'n por mal upkåken. De Pudding möst bet taun Koltwarden öfter eis ümrührt warn. De Bodder wür intwischen schümig slågen, mit dat Aroma verseihn un tauletzt löpelwies mit den'n intwischen kollen Pudding vermengeliert. Wenn man Koskosfett verwennen deit, so geef man dat in den'n warmen Pudding. Nå dat Backen wür dat Biskuit up n' Plutz stört un dat Popier aftreckt. As he kolt worden wier, snitt Tanten Lisbeth den'n Tortenbodden tweimal dörch, füllte em mit de Boddercreme, pütte em wedder tausåmen, bestriek de ganze Creatschon rundüm mit de cremige Meng' un füng an, mit de vulle Tortenspritz de båberste Sied kunstvull tau verzieren. Dor geef dat Wihnachtsstierns, 'n Maand un mittenmang un – man glöwt dat kum – sogar 'n söten Engel.

68

Un dunn ielte Tanten Lisbeth in de Wåhnstuf, üm dat Hööchst von de Tort tau hålen, sotauseggen dat i-Tüpfelchen, dat Binnelst von den'n Ketong, den'n se gråd för dissen Gebruk ut Berlin mit bröcht har, wur dat dat dortaumåls manchmål geef, wenn man wüßt, wur orren an de Quell setten hett – un Tanten Lisbeth hett setten – un schreech argerlich los, pulterte grådtau los: „Üm Himmelswill, ji hefft jå woll de ganze Tortendekoraschon upfräten. Künnt ji juch dat nich utmålen, wurtau ik de Schachtel mitbröcht heff?" Tanten Lisbeth wier ihrer 'n Fru von de vörnähm Oort. Œwer in diss Momang hålte se ut ehr Brass ein Wuurt hervör, dat se süss nie und nimmer nich brukt harr.

Wi künnen œwer nich. Wi läwten in ein Tiet, wur Moccabohnen, denn üm de hannelte sik dat in den'n fienen Ketong, egentlich gor nich tau kriegen wiern.

Un tauletzt legen bi't Kaffedrinken mal gråd vier einsåme Moccaböhnchen so'n bäten verlägen up de Tort baben up. „Nee, ji Frätsäck œwer ok, nu kikt juch dat eis an, wie dat utseihn deit!", bäwerte Tanten Lisbeth rümmer.

Uns Vadder griente sik eis. Wi wiern mit de Tort œwer doch ganz taufräden, wiern dat Meinen, dat se bannig apptitlich utsech un de Moccabohnen wiern jå letzt End dor ankåmen, wur se jå im Grund ok hen süllen. Un min Swester säd denn noch: „De Wihnachtsengel süht åhn tauväl Schnickschnack ok väl bäter ut, Tanten Lisbeth." – „So?", dat keem spitz, „na, as du meinen deist, Lütting!" Un har so ok mit de Wihnachtstiet un ehr bäten tau Schåden kåmend Backwunner wedder Fräden sloten un wier na ehr Fassong binåh glücklich måkt worden. Œwer dat wi ehr eis de Moccabohnen vertehrt harn, dat bröcht's noch bet an ehr selig Enn' up de Plåt von all de neechst Fomilienfiern.

All Johr wedder Arger mit den'n Wihnachtsbom

Dat wier in de alle Johr sik wedder afspälend Tiet – måken Se eis de Prauf, Se warn œwerrascht sin, wat Se dor klor ward –, wur de Breefdrägers fründlicher warn un de annern frömden Boten ehr dat nåmåken daun, wur harte, fast in'n Läben ståhende Kierls mit un åhn Tatoo samft Mienen bekåmen un de Frugens … Jå, un dat is all ümmer so west un dat ward jå woll för alle Tieden so blieben, dat all de Frugens, sünd's nu Mudders, Brutens orrer Grössings, in hellsche Raasch geråden, ob se woll rechttiedig för de Fomili allens inköfft hemm un ok ob nauch un se all de Fräters ok satt kriegen daun. Un wur vergäterige Mannslüd fix noch nå de Tankstell führn, üm dor noch ein besünneres Wihnahtsgeschenk för ehre leif Göttergattinen tau fåten tau kriegen, as taun Bispill de düerste, allerletz Pull œwerdüerten Sekt … un in de Ogen von de Kinner dat nich tau beschriebene Lüchten ut Aftäuben, Luern, Uprägen und Kribbeln inträd. Dit Lüchten in de Ogen, dat all utwassen Lüd' so bewunnern daun, wiel dat dor mit eis so'n Stück ut ehr egen Kinnertiet wedder ut de Düsternis von de all lang verläden Tiet fleit, 'n bäten wat, dat dat ganze Johr œwer dörch den'n Olldach nich taun Vörschien kåmen kann. Een woll tau Harten gåhn is dat, dat Erinnern an Dach' in dat Öllernhus vör lang Tiet. As dor ein wier, de all de lütt Sorgen mit väl Leif eenfach wegstrieken ded orrer dörch ein Ümarmen vergäten let. Dat kümmt in Läben so nie nich wedder un man möt låterhen mit de Unbillen von den'n Olldach allein klorkåmen. Œwer tau de Wihnachtstiet kümmt dat all wedder tau Hööch, 'n bäten blot, œwer dat's nauch, üm sülfst in de Rull von de Öllern tau slupen un dat Erinnern bi de egen Kinner umtausetten.

Dat nieselige Wäder, för sik beseihn, an sik gräßlich, natt, schnuddrig, œwer dat man sik tau 'ner anner Johrestiet dat Mul zerrieten deit, ward nu as vörwihnachtlich, tauminnest in uns Gägend, gemäudlich beteiknet. An witt Wihnachten erinnert man sik blot noch, wenn man an sin Kinnertiet tröchdenken deit, wur dat so wat von witte Dach tau dat Fest noch gäben ded. Dor wier doch mal eis wat …?

Dat wier nu de Tiet von den'n Kop von den'n Wihnachtsbom. Un dat gråd wier in jedein Johr de sülwige Prozedur, tauminnest in de Fomili, üm de dat hier gåhn sall. Nix, œwer woll ok gor nicks is ein richtigen Düütschen hilliger as sin Wihnachtsbom. Dor ward so'n ornlich Brimborium üm måkt. Denn dorin unterscheid he sik von Minschen ut annern Lännern. Liedkultur hen orrer her, man kann dor œwer striden, man måk sik dor œwer de Snut terrieten orrer nich, lustig måken, gor twiefeln œwer den'n Begriff, den'n eis in Tieden von ein ihrgistrigen Kampf üm de Wåhl 'n grote, intwischen bäten verdrögte Volkspartei in Verkihr bröcht het, Gegäbenheit is, ierst bi den'n Wihnachtsbomkop wiest sik de wohre Inwåhner von diss Staat.

Dat Utsäuken von ein passig Dannenbom kann man nich erliernen, dat möt ein in de Weich lecht worden sin. Un in Inbetrecken von diss Såk is dat bäder, den'n Begriff von de Liedkultur, den'n man sik tau egen måken kann, tau de Ünnerlagen tau leggen. Üm akkerat 'n Dann, wie de Berliner tau sin Wihnachtsbom tau seggen plägt, egal ob dat 'n Ficht is orrer nich – he is in de Botanik nich gråd as Lücht bekannt –, orrer den'n Boom, wie de Sachse den'n gräunen Barg Twiege in sin Wohnstuf namst, orrer uns norddüütsche Landslüd', de sik ihrgistern 'n krümmig Ficht in de Wihnachtsstuf henstellt hemm, tau köpen, brukt man dat Blaut von verläden Öllern un Grotöllern in sik. Orrer is ein von de noch nich mäud Läser dat Meinen, dat de Wihnachtsbomkop nich tau de düütsche Liedkultur hürt? Dat diss ureigenst Zeremoniell von jedein tau erliern is, egål wur he sin Weich tau ståhn hett?

Wie möt ein ornlich düütscher Lichterbom denn nu utseihn? Ut Kunststoff? Üm Gottswillen. Bi dat Ankieken von so ein in de Retort bugt worden Stück wennt sik de iernsthafte Wihnachtsbomköper mit dat grote Grusen af. Obschonst he up de Jacht nå ein äben, gliekmäßig wie ein Pyramed wussen Bom is, nee, ein wedder tau gebruken Kunststoffbom kümmt nich in sin Wihnachtsstuf. Wur blifft dor, mein ik, dat in dschedem Johr wedder kåmende Jachtfever nå 'nem besünners smucken Boming?

Dat möt 'ne ståtsch Ficht sin orrer kann in annern Gägenden ok ´ne echte Dann sin. Hütigendåchs warn de Böm egens in Plantaschen tücht un heiten Blagficht orrer Nordmanndannen un sünd so ornlich düer. Œwer man kann seggen, wat man will, dat ein wie de anner utseihn deit, tauminnest för den'n normålen Tietgenossen, is nich tau œwerseihn. För ein akkeraten un angaschierten Wihnachtsbomköper sülfstverständlich nich. Nådeln möt so ein Bom ok. Nich tau väl, dat wurmœglich an' Winachtsåbend blot noch kåhl Twiege dorståhn, œwer so'n bäten schon. Gägen dat Nådeln helpt ein Kiefer, œwer dat is schon ein sihr nipp tau œwerleggen Taulåten gägenœwer de Vörschriften von de urdüütsche Dannenbomtradition.

Ünnerscheidlich Fomilien wennen ünnerscheidlich Oorten bi den'n Wihnachtsbomkop an. Dor gifft dat taun Bispill de Sipp, dor is diss bedüdent Amt de Såk von den'n Vadder. De Fru schickt ehrn Kierl tau Hilligåbend mit de Wür' los, nu wier dat œwer allerletz Tiet, üm noch ein Bom tau hålen. Denn bet dorhen har he de Angelägenheit upschuft. Sin Fru luert wieldess tau Hus vull von Häme, wat he woll ditmål wedder för ein Strunk anbringen deit. Un måkt sik naastens, wenn's den'n Bom tau Gesicht bekämen deit, vör Hoegen binåh in ehr Büx. Nich ein gaud Stunn' hett he œwer dat ganze Wihnachtsfest, denn ümmer wedder kriecht he den'n süffisanten Satz tau hüren: „Dat is œwer wedder Mål ein söt Bömchen in dit Johr. Mål ganz wat nieget." Un wenn denn noch de leif Schwiegermama in dat gliecke Leed mit instimmt, is dat ganze Fest in Noors.

Un nu kåmen wi wedder tau de Fomili taurüch, üm de dat hier gåhn sall. Denn dor geiht de kumplett Fomili tausåmen up Tour un måkt dor so'n ornlich Event ut – wie man hütigendåchs dat nennen deit –, säukt alltauhop nå den'n passig Bom. Diss Utflüge duern meist sihr lang un lopen ümmer na den'n gliecken Strämel af. De Oll möt de Böm hollen un de œwrige Deil von de Fomili schleppt nu ein na den'n annern von de all gliecks utseihenden Stücker ranner. De Oll bört se up, höllt se vör sik hen un alle kriechen nu üm em rümmer, üm denn tau seggen: „Nee, den'n nich!" Denn is nå ne lang Tiet de ganze Hümpel dörchsöcht, den'n Vadder ward dat intwischen kolt un em warden de Arms lang. Un dann ward von vörn söcht, bet Mudding utröpt: „Den'n, dat is de akkerat passige!" De Kinner gåhn üm dat Prachstück von Bom rümmer, nickköppen vor sik hen un seggen letzt Enn': „Jå, dat is he, de is knorke – orrer ‚in' orrer wat son'n niemodsch Utdruck von de Jugend hüt tau sin plägt!" – „Den'n?", schricht de Vadder luthals. Un dunn – wat sollt', em wier bannig kolt: „Na, mienswägen." Dat wier de ierst west, den'n he an diss Nåhmiddag in de Hand nähmen ded.

Fien tauschnürt, sülfst alle Mann dörchfroren, œwer besünners stolt drägt em de vullstännig Fomilie gen Balkon orrer Terrasse. All hemms Rauh bet taun Hilligåbend. Doch dann geiht dat ierst ornlich los. De Vadder het em upricht, henstellt. He is krumm. De annern kåmen bettau. Dreigen em. He is krumm. Se dreigen em tau de anner Sied. He blifft krumm. „Denn hest du utsöcht, typisch!", secht Muddern. De Vadder secht keinen Mucks nich. Wat sall he ok seggen, wat måken? Un dorbi har he em jå blot hollen. Mein'S nich ok? Tau diss Wäswark möt ein geburn worden sin. Dat kann nich jichtens eis sik so inbimsen, orrer? Dat is so belemmert düütsch, dat man dor all wedder stolt up sin kann.

Dat richtig betonte „R"

Wier Ostertid, dat Schauljohr wier fast üm.
Vör de Finstern rœttelt all stark't Vörjohr.
Un in'n Lief der Kinner warkt dat so rüm,
Keemen mit ehr Binnelst gor nich mihr klor.
In de Pantüffelschaul von Kisserow
Seeten sößtig Göhren un warn luern
Up't gröst Begäfnis kort vör ultimo.
Blot ehr dücht, as süll dat noch'n Wiel duern.
Vör ehr stünn Köster Blank mit'n grot Mallür.
Dat wier bannig swor in diss Period.

He glöwt nich, dat dor wat tau ännern wier,
Sitt in'ne Bredulj, denkt, wat måk ik blot?

Dat wier ein Bruk all siet Grotvadders Tiet,
Dat an den letzten Schauldach fastmåkt ward,
Wecker im neechts Schauljohr as Ierster sitt
Un ok de Verträdung von'n Köster har.

De Best wier, sowat gifft dat nich so oft,
Ein lütt Ströper von noch nich ganz teihn Johr,
Dat wier ein ganz patenten Kierl, de hofft
Up den'n iersten Platz, dat wier em klor.

Man blot, dor wier noch ein, de heit Hein Grot.
De wier schon vierteihn, dormit im letzt' Törn.
Wier de öllst un frühstückt meist Kaukenbrot.
Un nu kümmt – wier Börgermeister sin Sœhn.
De müsst woll up den'n iersten Platz sitten,
Dat güng nich anners, süss wier dat pienlich,
Dat he sitten sall näben lütt Witten,
Arm Lüd Jung, dat wier woll nich gråd deinlich.

Wer helpt? He ward sik an de Schäulers wenn':
„Nun sagt mal Kinner, ich frage euch nun,
Wen würdet ihr zum Ersten ernennen?
Aber bleibt recht fair, bedenkt euer Tun!"

„Willem, Willem Witt ward dat dor schriegen."
Un all de Dierns un Jungs wiern uter sik.
Den'n Kaukenfräter mücht kein-ein lieden,
De Willem, blot de har den'n passig Schick.
„So findet ihr? Ich bedenke man blot:
Hein hörte am Stammtisch so manches Wort.
Besser äußern kann sich sicher der Grot,

Als Erster sitzt er am richtigen Ort."
Dat wier'n Uprägung ünner de Kinner.

„Woans krichst'd Hein nu as Iersten sitten?
He müsst sin so ein rutragend Winner.
Ik ward alle beid' taun Vördrach bidden."
„Ein lütt Wettkampf soll das nun entscheiden.
Wo beide doch nah beieinander sind.
Schiller, vorgetragen von den beiden,
Schön die Mär ‚An die Freude', wie ich find.
Lest bitte abwechselnd je ein lütt Stück
Von diesem ach so lehrreichen Gedicht.
Überlegt selbst, wenn der Dichter blickt zurück
Auf Freundschaft, Liebe, Rache und — Verzicht."

Willem un Hein warn nu rezitieren.
Dat müchten beid un Hein wier gor nich slicht.
Blot mit'n Cherub wart he sik verfiehren.
Wat dit woll is, Cherubim kennt he nich.
Dat oll Wuurt will nich œwer sin Lippen.
He versäukt dat noch mit'n lütt Zislaweng.
He striekt sik œwer sin Kaukenribben,
Dat helpt allens nich, he markt, dat ward eng.

De ganz Klass hœgt sik achter sin Rüggen.
De Kinner wiern sowat von Schadenfroh,
He kricht nich rut, tau de Görn Entzücken.
De Test, de is wunnen, dat wier nu so.

„Was sagt ihr nun, vergesst mal den Cherub!
Das kann ein jedem mal so pressieren.
Das ist in dem Text nur ein kleiner Pub.
Der Bessere, sagt's, ohn euch zu zieren."

Und luthals keem dat ut välen Kählen:
„Willem Witt, Willem Witt", dat drœnt nich slicht,
„De wier de Best, gråd den'n würden wi wähl'n,
De Hein Grot, de wier dat woll sicher nich."

„So findet ihr", secht Blank in sin grot Qual,
„Ich mein, Grot hat das ‚R' besser betont.
Das rollte so schön durch den ganzen Saal,
Hein Grot wird mit dem ersten Platz belohnt.

Als Zweiten setzen wir den Willem Witt.
Der wird dann im nächsten Jahr der Erste.
So bekommst du so ganz nebenbei mit,
Dort zu sitzen ist wohl mit das Schwerste."

„Dor will'k nich hen", secht uns Willem un schümt,
„Denn stieg'k furts tau de Lütten nå båben.
Ward Tiet, dat hier ein so akkrad uprümt.
Ik sech dat min Mudder, de sall kåmen.
Wiß is, wier ik man Börgermeistersœhn,
Wür ik woll mit den'n iersten Platz belohnt.
Den'n güng dat allens sin ornlich Törn,
Den'n har säker ik dat ‚R' bärer betont."

De niegen Finster

Waren is `n schöne Stadt, so wier'd in allen Tiden.
In ehren Muern, dor lött sik'd läben.
Tau daun geff'd nå de Wenn nicks mihr; blot af in'n Süden.
Na Bayern wiern's türmt an Naab un Regen.
Sei wier'n wechtreckt, ümmer de Penunse achter her.
Riek sünd's nich wordn likers Daun un Bäden,
Œwer taun Läben hett't reikt, nich väl güng ehr verquer.
Bäten wat is ok noch œwrig bläben.

75

Eis sitt Hein dor, har ne Kort von sin Öllern krägen.
„Du, Gret, wenn'k dat Bild von de Müritz seih,
Ik …" – „ Wäs still, ik ok!", secht se un kiekt hoch in'n Häben,
„All lang deit in'n Binnelst dat Hart mi weih".
„Dat hölt ein Mäckelbörger up de Duer nich ut.
Dissen bayrisch katholschen Tüddelkråm,
Mit Weihrok, Preister, Proschession, dortau ehr Schnut.
Dor ward nich ein von uns Nordlichtern warm."
„Un denn ehr narschen Pullitiker, dor heff'k nauch von,
Mit ehr Bierzeltgedœns un Machogedau.
Wat wi all lang harn daun, wat hürt taun ganz normål Ton,
Dorœwer striedens hüt noch, mi ward mau."
„Dat is woll wohr, ok ik kann de Kierls nich mihr rüken.
Heiten's nu Seehofer orrer Söder.
Mi treckt'd na Hus, dor bruk'k mi nich duernd tau bücken.
Manuelen steiht œwer diss Bröder."
So keem't, dat sei wedder in ehr Heimat anlangt sünd.
Sei wåhnten as dunnemals in Waren.
Krägen ein Kredit, de Nawers wiern ehr gliek Fründ.
Köfften sik ein oll Hus, harn mannig Såk tau klåren.

Ein Ferienwåhnung müsst dor rin, bet se dunn markten,
Wi wåhnen jå in de Röbeler Stråt.
De is lut œwer'n Dach, nich blot, wenn de Lüd warkten.
Dat's man Tünkråm; dat lött ehr nich gråd staatsch.

Dor mütt wat schalldicht's her, süss kümmt nich ein plœtrig Gast.
Dat wier tau ännern, dor gifft wat gägen.
Niegen Finster hett de Discher ehr dorup anpasst.
Schalldicht helpen's gägen Larm un Rägen.

Kiek an, de iersten Gäst keem utgerecht ut Bayern.
Spezies Middelöller, riek un sihr fien.
Gret wiest ehr Stuf un Bad, räd, wat so gifft tau leiern.

Bangt, dat nu ok allens passig ward sin.

An'n annern Morgen, ward se beid so luernd frågen:

„Gut geruht? Wie ging das mit dem Verkehr?"

De Gnädigste ward narsch kieken un se upklåren:

„Die Frage, Madam', pikiert uns schon sehr.

Gute Frau, wir hatten keinen Verkehr!"

De Wihnachtskarpen

Uns Kindheit verläwten wi in een lüttigen Uurt in Mäkelborg in de Neecht von den binnendüütschen Tacheldråhttun. Besünners vörtreckt wür diss Gägend bi dat Anliewern von Woren in den Arbeider- un Buernstaat nu gråd nich. För diss Region heit dat as woll binåh œwerall: Dat gifft nicks, dat's tau jichtenseen Tiet in de Lådens nich gifft. Bi uns wiern dat tau Wihnachten Karpen. Un gråd dor wull uns Tanten Frieda kåmen, gråd dor, un sei ät för ehr Läben giern Karpen. Wihnachten åhn disse Fisch, dat wier keen ornlich Fest. Karpen müßten dat sin. Un soans kœnen Se säker verståhn, dat dor bi uns dat Uprägen grot wier.

Tanten Frida keem nämlichs ut Berlin, mihr ut de Ümgäbung von de Grotstadt, un se un ehr Mann, uns Unkel, nåmsten een Bäckerie ehr Eegen. Un wenn Frida eis tau uns keem, hålte se so manch Såken ut ehr Bagåsch, de in uns Uurt binåh vergäten wiern. Besünners för uns Kinner. Dat wier fast so, as keem bi uns een Westtanten tau Besäuk.

Un so wier so een Wunsch von uns Tanten för uns Mudding een intauhollende Orrer. „Dat helpt allens nich", sech se, as se vom Inkop in de Stadt trööch keem, „Karpen ward dat woll in dit Johr nich mihr gäben', hett mi Lotti Fisch, uns Fischverköperin, secht. ,Dor kåmen's tau lat, lew Fru.'"

Dat wier so an Enn' von den'n Näwelmand. „Nu büst du dran, Vadding!" Doch de har gor keen Lust dortau. „Möten dat ümmer Karpen sin?" Doch wenn uns Mudding em mit ehr grot biddend Ogen antauseihn plägt hett, künn uns Vadder nich wedderståhn. „Giern måk ik dat nich, ji weit, dat ik dat up den Dod nich utståhn kann." Œwer Tanten Frida sall kåmen un dat wier woll mihr as de Dod, un se wull Karpen tau Wihnachten.

77

Nu möt ick Se woll ierst upklåren, woans min Vadder tau de Upgåf keem, in diss Såk sik inne Gängen tau setten.

Wi haren mannig Glück in'n Unglück. Min Vadder har mit de Materialversorgung von dat Buamt von den'n ganzen Krink tau daun, har dor dat Seggen œwer de Bustoffe, de dat egentlich nich geef, un wenn schon eis, dunn reikte dat vörn un hinnen nie nich. Nich, dat he grådtau Hand anleggen wür, dat nu gråd nich, œwer een Wiesen, wann un besünners wur dat bi Korten Dacksteins, Tägels orrer Zement tau kriegen geef, dat reikte tau DDR-Tiden meistendeils. He müßt nur den'n Fischer von'n Schaalsee anropen un de Nåricht wiedergäben. Un wenn he denn noch so bilöpig vertellte, wat sin Fru von de Fischverköperin för een Utkunft mitbrööcht har, dat wier nauch. Diss Würd wiern em dörchut geläufig. Een Hand wascht de anner.

Un kiek an, een gooden Dachs, glieks as sik de Advent up de Puschen måkte, bröcht de Fischer twei ståtsche Diere, sülfstverständlich läbennig in een Wåteremmer, denn bet Wihnachten wier dat noch wiet un üm dat Fest wier dat man slicht för em tau kåmen, meint he. Dor wier Hochsaison för de Fischers, denn dunn müßten se för den'n Export fischen und anliefern. De Swestern un Bräuder in Hamburg äten ok giern frischen Fisch ut Mäckelborg.

So keem' wi denn in den'n Genuss von twei Karpen un uns Bådwann kräg tau Freud von uns Kinner, denn dat wier man bannig kolt in uns oll Bå'stuf in de Wintertiet, för mihrere Wochen Inquartierung.

Un faudern müßten wi de natten Dinger jå ok. Uns Vadding ümmer mit uns. Hei seet up den'n Wann'nrand un kiekte trurig in de Melkbräuh, de hei schon alle näslang vör dat Fest utwesselt har. Trurig? Hei wüßt, wat em bevörstünn. Een Diert int Günsiets tau bringen, wier nich sin Ding, dor vör har he een Horror, dat künn em das ganze Wihnachtsfest verhågeln. Wenn dor nich Tanten Frieda west wier un ehr Jieper up Fisch, he har sik dörchsett un de Karpen wiern am Läben bläben.

Un denn keem de Hilligåbend. Uns Tanten keem ok, bekiekte sik de natten Gesellen, fünn se kommod und schöf vuller Vorgefäuhl un Vorfreud von dannen.

Tanten Frieda wier in de fin Kœck bannig bewannert un har allens mitbröcht, wat man för so'n gådlichen Karpenschmaus so brukt. Uns Kœk wier schon in Kampfbereitschaft. Dat Karpengarutmåken süll nu los gåhn. Dor läden schon, fien pikobello anwiest, up den'n Kœkendisch: Suppngräun, Zwiebeln, föfteihn Päperküürn – Westpäperküürn, akkeråd tellt –, fief Stücker Krutnelken –

Westkrutnelken, versteiht sik, ok akkeråd aftellt –, een Lorbeerblatt, 'n Hupen Thymian und väl, väl Bodder. Dornäben stünn de Essig bereit – Se åhnen dat – Westessig. Tanten Frieda har utreikend un dubiose Westkontakte. As kœkenklauke Läserin orrer Läser orrer sünst een Minsch mit wurmœglich queeren Hinnergrund weiten Se all längst, wat hier afgåhn süll.

Ansecht wiern Karpen bleu. Wat nu noch fåhlte, wiern de beiden Hauptakteure. „Hänschen", so wier de Ökelnåm von uns Vadder, röp Frieda, „de Karpen!!!"

Œwer Hänschen fåhlte ok. De Karpen fäuhlten sik noch in de Wann nich gråd woll, œwer immerhen … Un Hänschen wier na buten gåhn un vör dat Häuhnerwiem ankåmen. He räd mit de Häuhner œwer sin Mißgeschick und fünn ehr Gekakel un Gegurre upmunternd, se wiern mit em de sülben Meinung. Œwer dor wier de Stimm von uns Tanten …

„Hänschen", schriech dat wedder. Nu up den'n Hoff. Un he? „Nu möt ik woll, son'n Schiet. Un dat is nu min Wihnachten."

Uns Vadder wier nich för een Läben up een lütt Buernhoff orrer œwerhaupt up'n Land måkt. He künn sik åhn Maless mi de Häuhner ünnerhollen, œwer köppen künn hei se nich un ok süss keen Läbennigs in't Günsits schicken. Man blot, de Tiet nåh'n Tweiten Weltkrieg künn son' Instellen nich af. Man wier Sülftversorger un afpackt Wor geef dat noch nich. Nu müßt he œwer sinen Schatten hüppen un taun Slachter mutieren.

He bün sik een Schört üm, greep sik dat Nudelholt un entschulligte sik bi de beiden Diert: „So, dat möt nu so sin. Frida will dat so. Beschwert juch naasten bi ehr."

Dann haugte he beid een düchtigen Slag up'n Kopp und drööch se in de Kœk. „Hier sünd de armselig Kierls. Œwer mi ist de Apptit vergåhn!"

Un dunn treckt em dat wedder tau sin Häuhnerwiem. Hei müßt jå nu beichten.

Tanten Frieda lecht sik de beiden ståtschen Karpen nu trecht, gript sik den'n een un will em nu von unnen upsnieden. Doch dat geföllt den'n nu gor nich. Hei wakt ut sin Åhnmacht up, süht woll dat Metz, un måkt sik furts von hinnen. Runner von den'n Kœkendisch und zappelnd ünner dat Kœkenschap. Sast mål seihn, kriecht dat ok de anner mit, as he gråd ut sin Narkos upwaken deit, schot den'n annern hinnerher runner up den Fautbodden und nu ok unner dat Schap.

„Hänschen", bölkte Tanten Frieda. Doch de wier nich mihr tau griepen.

79

Dat Stilläben wier nu billerbookriep. De hechelnden Karpen up den'n Bodden, dortwischen hoppste Tanten Frieda rümmer un versäukte tau redden, wat nich mihr tau redden wier. Uns Mudding keem in de Kœk, seech dat Dörchenanner un wull sik dotlachen. Dat passerte ehr ümmer, wenn een annern Minsch een Malheur tau stött. Se seech, de Päperküürn wieren den'n Karpen nåfolgt un dat Lorbeerblatt deilte sik een Stück Bodder mit een Löpel Essig, Westessig. Se erinnern sik?

Dortwischen läden de Westnelken bäten trurig so rümmer.

Wi beid Kinner nähmen mit een Schwups de beiden natten Diert, de nun gor nich miehr verståhn künnen, wat mit ehr passeren deit, un verfrachteten se beid wedder in de Wann. Dor kiekten se mit ehr Glubschogen un schnappten nå Luft.

Un wi? Wi sünd nå de Kirch in'ne Båhnhoffskneip inkiehrt un hemm uns Mangkaktäten kåmen laten. Fleesch dürft dat jå an Hilligåbend nich sin. Un Fisch geef dat in dat Lokal tau de Tiet nich. Fisch tellt nu mal nich as Fleesch. Dat verståh, wer will. Œwer dor hemm woll eis de kathoolschen Mönche ehrn bœwelsten Herrn mit anschäten, seecht man jå. Un gråd dor wier Tanten Frieda isern. Taun Wihnachtsåbend geef dat nich mal de bi uns süss traditionelle Buckwust mit Tüftensalåt. So müßt se sülfst bäten hoch an een Wöddel kaugen un dorbi truerte se ehr fienet Wihnachtsäten nå.

Wat ut de Karpen word'n is, will'n Se weiten? De geef't tau Olljohrsåbend. Uns Nahwer is von een Reis trüchkåmen un hett se künnig in den'n Karpenhäben bröcht. Ob allet Krut un all Küürn sik wedder anfunnen hemm, dor för mücht ik nich inståhn. Œwer dat hett Tanten Frieda dunn gor nich markt. De feisten Dinger hemm ehr ok as Olljohrsåbendkarpen schmeckt.

„Nächst Johr köpen wi uns keen Karpen", schmüüsterte uns Vadding as Frieda in Toch seet, „de Diert sünd eenfach nich dod taukriegen."

Wi köpten liekers. Tanten Frieda wull wedder kåmen. Un bi ehr möten dat tau Hilligåbend ümmer …